「これだ、これ！
余はこれが欲しくてしょうがなかったのだ！」
「おぼっちゃま！
今日のおやつは、ご所望のアイスにございます」

塔の魔女◆ジョシュア
シャーリィ

畑の魔女・アガタ
アン

おぼっちゃまはなにも答えず、
じっと空を見上げています。
なんだか、その瞳が妙に悲しそうで……。
私は、たまらなくなって、
そっとその手を握り返したのでした。

異世界《いせかい》メイドの三ツ星《みつぼし》グルメ

現代ごはん作ったら王宮で大バズリしました

モリタ ill.nima

2

Three-star gourmet
made by
a different world maid

Contents

[illust] nima
[design] Afterglow

◆プロローグ◆

「うーん、まいった、まいったわ。ああ、どうしたらいいのかしら……」

初夏を迎えた、ある日のこと。

エルドリアの王宮に仕《つか》えるメイドの私、シャーリィ・アルブレラは、深刻な声でそうつぶやいたのでした……広い湯船に浸《つ》かりながら。

「なによシャーリィ、また言ってるの～？　おぼっちゃまの命令なんだから、やるしかないじゃない。悩むだけ損よぉ」

とは、私の右に並び、ぼへーっとした顔でお湯を楽しんでいる、メイドの同僚アンの言葉。

ここは、王宮内にある、メイド用の大浴場。

なんとこの王宮は、私たち下々の者のために浴場まで用意してくれているのでした。

私の住むこの国、エルドリアは水の豊かな国なので、街にも庶民用の公衆浴場がありますが、家にお風呂があるのはさすがに珍しいです。

……もっとも私は無理を言って、自宅に用意してもらっていましたが。

母親には「あんたは本当に贅沢《ぜいたく》な娘ねえ。庶民の子なのに」なんて嫌味を言われたものですが、だってしょうがないじゃないですか。

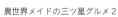

なにしろ私には前世の記憶があり、そのとき住んでいた日本では、自宅でお風呂に入るのが当たり前だったんですもの。

そう、私は転生者。この国の平均的な少女として過ごしていた私は、ある日頭を強く打ち、その衝撃で日本での記憶を取り戻したのでございます。

それはある意味幸運で、ある意味不運なこと。

この国、いいえ、この世界よりずっと発展した場所のことを思い出すのは、ある意味拷問。

だって、私の脳みそには、この世界の食事よりずっとずっと素敵な料理やお菓子の味が、刻み込まれてしまったのですから！

それでも私はあきらめず、前世のそれらを再現しようと料理の研究に奮闘。

その結果、腕を認められ、私はこうして王宮で偉大なる王子様、ウィリアムおぼっちゃまにおやつをお出しする『おやつメイド』として働いているわけでございます。

そして、こちらの王宮は下々の者にも優しく、私はおかげで毎日お風呂にありつけているのでした。まあ、それには王宮に仕える者が臭いなど許されない、という理由もあるのでしょうけども、なんにしろありがたい！

おっと、話が逸《そ》れました。

そんな私ですが、目下、とっても頭が痛い、とある問題を抱えているのでございました。

「そうは言うけどね、アン。これはとても難しいことなのよ。おぼっちゃまのことだから、お言葉どおりにアイスを山ほどお出ししたら、きっと全部お召し上がりになるわ。そして、間違いなくお腹《なか》を壊す。ええ、それはもう、間違いなく！」

そう、今回、我が愛《いと》しのウィリアムおぼっちゃまは、私に「思いっきりアイスだけを食べたい」というオーダーを出されたのです。

しかし、おぼっちゃまは大人十人前の料理でもぺろりとお召し上がりになる、いわゆる大食漢。気が済むまでアイスを頬張るなんてことをすれば、そのお腹は下りまくり、私がその責任を問われることは間違いありません！

なぜそう言いきれるのかと言いますと、それは、この私も同じことを一度やってみたことがあるからなのでした。そう、アイスの、バカ食いを。

あれは忘れもしない、前世の中学生のころ。

夏に両親が温泉旅行に行くことになり、その間の食費として、私はまとまったお金を渡されたのでございます。

それを見て、愚かにも私はこう決意してしまったのです……ああ、この金で、アイスをバカ食いするという夢を叶《かな》えよう、と。

そう、あのころは私も若かった。

暑い日のアイスが本当に好きで、それを心ゆくまで食べられたら人生に悔いはなくなるだろう、と。そんな、あまりにも浅はかなことを考えてしまったのです。

そして、私は本来お弁当にでも使うべきお金を大量のアイスに換え、スキップしながら家に帰り、始めてしまったのでした……愚かな、あまりにも愚かな夏のアイスフェスティバルを。

テーブルの上に並べられた、パキッと割れるソーダアイスに、二つついてる可愛《かわい》らしいパ◯コ、ホーム◯ンバーにシャーベットアイス。色とりどり、いつもは一度に一つしか口にできない宝物たち。

そしてその極めつけは、ハーゲンダッ◯の大きいやつ！

ちんまりとしたやつじゃなく、家族用の大きいやつでございます！

これを一人で、容器を抱え思いっきり頬張ることこそ、私にとっての富の象徴。

お金と暇を持て余した、貴族の戯れそのものだったのでございます。

そして始まったそれは、もう夢のような時間でした。

夢中になって甘いアイスたちを頬張り、至福の表情を浮かべ、天国へと至る私。

ですが、幸福とは儚《はかな》いもの。案の定、その後に私は、真っ逆さまに地獄へと落ちていったのでございます。

ええ、それはもう地獄の苦しみでございました。

内臓を引き抜きたいぐらいの苦しみに急《せ》かされ、花も恥じらう乙女《おとめ》の私は、大急ぎでお手洗いへとお花摘みに出かけ、そしてそのまま花に埋もれて帰らぬ人となったのでした。

乙女的比喩《ひゆ》表現。

「あの失敗を、あの苦しみを、断じておぼっちゃまにまで味わわせるわけにはいかないのっ……！

ええ、ええ断じて！」

よよよ、と泣《な》き真似《まね》をしながら私が言うと、今度は私の左に並んで湯を楽しんでいた彼女……宮廷魔女のアガタが言いました。

「ご大層ねえ。それならそうと、お出しする時におぼっちゃまに言えばいいじゃない」

と、少し日に焼けた綺麗《きれい》な肌を湯でさすり、気持ち良さそうに言うアガタ。

彼女は宮廷魔女というとっても偉い役職の人で、なんと、どんな植物でも育ててみせるという不思議な力を持っています。

とあることで知り合った私たちは、すっかり意気投合。

年齢も近いので、今ではこうして友達付き合いをして、一緒にお風呂に入る仲にまでなったのでした。

ですが、そんな彼女の言葉を、私はくわっと目を見開いて否定します。

「駄目よ、駄目駄目！　おぼっちゃまは聡明《そうめい》な方だから、言葉の意味は理解してくださるかもしれないわ。でもアイスを前にしたら、理性なんて消し飛ぶに決まってる。我慢できるわけがないのよ、ええ決して！」

そう、アイスの前で人は獣。

言葉など忘れて、食らいつくことしかできなくなるのです！

「はー、シャーリィ、あなたは真面目すぎるわ。一日の労働から解放されてお風呂に浸かってる時ぐらい、仕事の悩みは忘れなさいよ」

力説する私に、蕩《とろ》けきった顔のアンが言います。

ああ、こやつ、前はどうしようどうしようと不安がってることが多かったのに、最近は（私が起こす）日々のトラブルに慣れきったのか、随分と余裕が出てきました。

「そうそう。あんたってほんと、おやつおやつ、おぼっちゃまおぼっちゃまでせわしないんだから。ちょっとは今を楽しみなさい、今を」

アガタまでそう言い、湯船でぷかりと体を浮かせます。

それと同時に、アガタのお胸についている大きめな浮き袋がプカプカと浮きあがり、私はそっと目を逸らしました。

しかし、逸らしたその先には、アンの女性らしい良きサイズの浮き袋が。

……ああ、どうして私の体には浮き袋が搭載されていないのでしょう。

いえ、別に必要はないんです。私はお料理一筋なので。

ですが、ふとした瞬間に、自分のストンとした体を見下ろし。

どうしても、世の不条理というやつについて考えずにはいられないのでした。

「そもそも、そのアイスってやつはそんなに美味《おい》しいわけ？　今までだっていろんなものをお出しして、良《い》い評価をいただいてきてるじゃないの。この期に及んで、我を忘れるほどってのが理解できないわ」

「そーそー。杞憂《きゆう》じゃない？　きっと平気よ」

と、口々に言うアンとアガタ。

ですので、私はざばっと風呂から上がり。脱衣所で、タオルを巻いた姿で二人にこう言ったのでした。

「実はそう言うと思って、二人の分のアイスを用意しておいたわ」

「あんた、妙なところで手回しがいいわね⁉」

氷を敷《し》き詰《つ》めた桶《おけ》から、瓶《びん》に詰まったアイスを取り、すっと差し出した私に、二人が驚きの表情で言います。

ええ、この展開は読んでました。お風呂に入る前に全てを仕込み、ちゃんとスプーンまで用意しておいたのです私は。

「風呂上がりのアイスは、まさに魔性の味……。二人をアイス沼に引きずり込むための準備は万端よ。食べたが最後、二人は一生アイスを忘れられない体になることでしょう」

「なんか、そう言われると食べたくなくなるわね……。ん、ありがと」

などと不安そうに言いながら、私が差し出したアイスとスプーンを受け取るアガタ。

味は全て、基本のバニラアイスです。

やはり、アイスという魔界に落ちる入り口は、善意のバニラで敷き詰められているべきですので。

「ふーん、見た目よりしっかりと硬いのね。どれどれ……」

脱衣所に置かれた長椅子《ながいす》に並んで座り、アイスを手にした私たち。

アガタはそれをつんつんと突いた後、スプーンですくい上げ、ぱくりと食らいつきました。

そして、口の中でもごもごと味わうこと数秒。

そこで、アガタの目が、ぱあっと輝きます。

「冷たい！　美味しい！」

「でしょうね」

自分の分に手を付けながら、私は冷静に言います。

ええ、だってアイスを初めて食べた時の感想なんて、冷たい、美味しい、に決まってますから。

「うわ、ほんとだ！　氷は食べてみたことあったけど、それとはぜんぜん違う……！　なにこれ、口の中で冷たくて甘いのがふわっと溶けて、凄《すご》く新鮮な感覚だわ！　凄い！」

「うわ、端っこから溶けてきてる！　早く食べないと……あ、でも少し溶けてる部分も美味しい～！」

女の子らしく、きゃいきゃい言いながら盛り上がる、アンとアガタ。

なにしろこちら、王宮に上がってくる良い卵や牛乳に砂糖を使ってるので、その出来たるや、我ながら最高の一言。

この反応も、まあ当然ってやつです。なんて、少し天狗《てんぐ》になってしまう私。

やがて私たちは、タオル姿のまま綺麗にアイスを平らげ、ふうと長椅子にもたれかかります。

そして、放心した様子の二人に、私はそっと言ったのでした。

「今、『次はいつ食べられるかなあ』って思ってるよね？」

「っ……！」

二人が飛び起き、私を見ながら驚愕《きょうがく》の表情を浮かべます。

図星だったのでしょう。そう、これがアイスの恐ろしさなのです。

一度この至福を味わった以上、もう前には戻れないのです。

二人の人生には、アイスという呪縛が、深く深く刻み込まれてしまったのでした。

「忘れられなくなるって、こういうこと……！　確かに、明日も風呂上がりに食べたいって思っちゃってるわよ！　ああ、なんてこと、お風呂上がりにこんなもの食べるなんて、貴族様か王族の皆様ぐらいよ！　あんた、なんて贅沢を教え込んでくれたの！」

「だから言ったじゃない。ちなみに今のは基本のバニラアイスだけど、他にも柔《やわ》らかいタイプのソフトクリームも美味しいし、チョコ味、イチゴ味とか味のバリエーションも無限にあるわ」

「やめて、知識を埋め込まないで！　頭の中で想像だけが膨《ふく》らんじゃうじゃない！　ああ、どんな味になるのか気になって眠れなくなる……！」

動揺した様子のアガタと、頭を抱えるアン。そうでしょうそうでしょう。

私も王宮に上がる前は、そうやって苦しんだのです。

なにしろアイスだけは、冷凍庫がなければ再現が不可能でしたから。

いろんなお店のアイスやソフトクリームがいつでも味わえた前世の街の、なんと豊かであったことか。と、いつも枕をよだれで濡《ぬ》らしていたものです。

ですが、王宮にはアガタとは別の魔女様が作ってくれたという、冷蔵庫が完備されていたのでございます。

このおかげで、もう前世料理の再現がはかどるはかどる！

それに、アイスをいつでも食べられるというこの環境だけでも、王宮に来た価値があるってものです。

「ああもう、その柔らかいタイプってやつだけでも食べてみたいわ。……でも、確かにあんたの言う問題ってのも、わからないでもないわね。これ、冷たい上に、元はほとんど水分よね？」

「うん。牛乳をベースに、砂糖と卵のいつものメンツに、あとバニラエッセンスを加えてあるの。溶けたら、ただの甘ったるい牛乳みたいよ」

そう、アガタの言うとおり、それが問題なのです。

牛乳を飲みすぎてお腹を壊すのは、よくあるお話。

しかも、それが冷たいとなると言うまでもありません。

「確かに、少量ならともかく、おぼっちゃまの勢いで食べたらお腹が冷えすぎちゃうのは間違いないわね……。なにかアイデアはないの？」

「あることにはあるわ。小麦粉とかを使って、食べられる入れ物を作ってアイスを入れたらどうかと思うの」

「へえ、面白いじゃない！　料理をしない私にはさっぱりだけど、そんなものも作れるのね」

アガタが感心した様子で言いました。

彼女は植物を栽培することに関してはまさにエキスパートですが、それを調理するのは苦手のようです。

作ってみようとは思わないの、と聞いたところ、「我が子のようなものだし、自分で切り刻むのはちょっと抵抗があって……」との答えでした。

「うん、まあ。だけど、それも道具がないとバリエーションがね……。こう、型を作る専用のフライパンみたいなのがあればいいんだけど」

そう、たとえば前世にあったワッフルメーカーのような、生地《きじ》を流し込んで焼けばその形にできるプレート。

ああいうのがあれば、色々とバリエーションが作れるはず。

だけど異世界にａｍａｚｏｎはありません。通販で取り寄せるわけにもいかず、もちろん街に売ってるわけもなく。

まさしくそれはないものねだり。しかしホットケーキとかをつけるのでは、アイスのみという縛りから外れてしまいます。

さてどうしたものか、と私が頭を悩ませていると、そこでアガタがにやりと笑いました。

「なんだ、それを早く言いなさいよ。つまり、専用のフライパンを特注できればいいんでしょ？」

えっ、と私が驚いた顔をすると、アガタはすっと立ち上がって言います。

「ちょうどいいやつがいるわ。そういうのが得意で、暇してるやつが。このアガタ様が、特別に紹介してあげる！」

第一章 アイス・アイス・ドリーミン

アイスのことを話した、その次の日。

私は忙しい仕事の合間を縫い、アガタに連れられて、王宮内のとある場所へと足を踏み入れたのでした。

「ね、ねえアガタ。ここ、本当に入っても大丈夫なの？」

あたりをキョロキョロと見回しながら、不安の声を上げる私。

連れられて入ったその広い部屋の中には、火の入った高温の窯と、無数の工具が立ち並んでいます。

そして、あちこちで屈強な職人様たちが作業にいそしんでいて、焼けた鉄をハンマーで叩《たた》く、大きな音が響き渡っていました。

そう、ここは鍛冶職人様たちが働く、いわゆる鍛冶工房なのでございます。

日夜、騎士や兵士の皆様のための装備が生み出されている、いわば男の聖地。

そのようなところに、魔女っ子とメイドがずかずかと乗り込んで許されるものなのでしょうか。

「いいっていいって。私、いつもここで農園用の農具やら支柱やら頼んでるから、常連みたいなもんよ。おーい、親方、いるー？」

アガタが大声で工房の奥に声をかけると、白い髪とヒゲの、屈強な肉体のおじさまがのっそりとこちらを振り返りました。

「なんじゃ、またおまえか。武具を作るのが仕事のワシらの手を、毎度毎度煩《わずら》わせおって。宮廷魔女でなければ、首根っこひっつかんで放り出すとこじゃい」

「あはは、相変わらずご挨拶ねえ。そう言わないでよ。この平和な時代に、あんたたちの出番なんてほとんどないでしょ。仕事を持ってくるだけマシだと思って欲しいわ！」

ひっじょーに嫌そうな顔で吐き捨てる親方さんと、笑いながら言い返すアガタ。

うわあ、あんな怖そうな人に、よく平然とあんなこと言えるなあ……。

アガタは本当に肝《きも》っ玉《たま》が据わっています。

「ちっ、相変わらず口の減らねえ小娘が。平和な時ほど腕を鍛えよってのが、鍛冶職人の基本なんだよ！」

そう言って、舌打ちかましてそっぽを向く親方さん。

まあ確かに、平和だからって準備をおろそかにしちゃいけないでしょうし、技術も継承していかねばなりません。

ですがおそらく、王宮内でもやや肩身は狭いのでしょう。

親方さんは、むっつりと黙り込んでしまいました。

「まあそれはそうね、いざって時に職人がいなくちゃ大変だもの。けど普段からそれなりに貢献しておいた方が、あんたたちも顔が立ちやすいでしょ。今日はなんと、王子様に直接仕《つか》えるメイドからの依頼を持ってきたわ。どう、ありがたいでしょ？」

「けっ、今度は包丁でも作らせるつもりか？　馬鹿にしやがって！　……ええい、いつもどおりあいつに頼め！　おい、アントン！　アントーン！」

親方が、工房を震わせるようなとてつもない大声を上げて、私は思わず耳を塞《ふさ》いでしまいます。

するとそれを聞いて、工房の奥から、どなたかとても背の高い男性がのっそりと歩いてきました。

「へい、親方。なんすか？」

「また魔女が来やがった。アントン、おまえ、魔女当番だろ。どうにかしろ」

「ええ、魔女当番って……。俺が一番の下っ端だからって、いつも押し付けられてるだけじゃないすか。やだなあ」

親方に背中をドンと叩かれて、アントンと呼ばれた男の方が困った顔で言います。

その彼は、灰色の髪と瞳をしていて、すらり、というよりはひょろりとした体格の大男さんで、その表情はどことなく頼りなさそう。

年の頃は、十七か八ぐらいでしょうか。私よりは、少しだけ年上だと思います。

「うるせえ、とにかくおまえの仕事だ。いいか、何事も経験だ。また当分、武具の大量発注はねえだろう。おまえは若いんだ、だからいろんなことができるようになれ。いいな」

そう一方的に言い捨てて、親方は奥に引っ込んでしまいました。

アントンさんは、去っていくその背中を恨めしそうに見送っていましたが、やがて振り返ると、愛想笑いを浮かべて言います。

「やあアガタ、こんにちは。また来たのかい」

「こんにちは、アントン。あんた、相変わらず冴《さ》えない顔してるわねえ」

ニッコリと笑って、ひどいことを言うアガタ。

ですが、なんとなくアガタは嬉《うれ》しそうです。

アントンさんとは、気安い仲なのでしょうか。

「冴えないは余計だよ。それで？　また農具かい」

「違うわ、今日は人を案内しにきただけよ。ほら、今日の依頼主はこの子。メイドさんの、シャーリィよ」

ようやく私を紹介してくれるアガタ。

すると、アントンさんが、ようやく私の存在に気づいたとばかりにこちらを見たので、私は彼を見上げて、にっこりと愛想笑いを浮かべたのでした。

「どうも、はじめまして。メイドのシャーリィでございます」

「っ…………！」

なにしろ頼み事をする立場ですから、第一印象ぐらいはよくしないと。

そう、思ったのですが。しかし、アントンさんの反応は予想外のものでした。

なんと、彼は私を見つめながらサッと顔を赤く染めて、そのまま背を向けてしまわれたのでございます。

「…………？　あ、あのう……？」

不審に思い声をかけますが、彼はおどおどした様子でチラチラと振り返りはすれど、ちゃんとこっちを向いてはくれません。

なんなんでしょう、と思っていると、アガタが怒った表情で彼の方に向かいました。

「ちょっとアントン、なによビクビクしちゃって。シャーリィは私の友達なのよ、ちゃんと挨拶をしなさいよ！」

「あ、アガタ、俺はああいう美人さんは苦手なんだよ……！　その上メイドさんだなんて、眩《まぶ》しすぎて目が潰れちまう！　勘弁してくれ！」

「はあ⁉　なによそれ！　あんた、私の時は平然としてたくせに！　私は可愛《かわい》くないって言いたいわけ⁉　失礼しちゃうわね！」

なにか向こうで二人が言い争っているのが聞こえてきますが、なにがなにやら。

状況が飲み込めず私がぼけっと突っ立っていると、やがて渋々といった感じでアントンさんがこちらを向きました……その視線は、ふらふらとあちこちをさまよっていますが。

「え、えと、シャーリィ、さん、だっけ……。え、えと、なんのご用、かな？　ほ、包丁が必要なら、凄《すご》く切れ味の良《い》いやつを用意できるよ。ほんと、こう、食材だけじゃなくてまな板も腕もすっぱり切れちゃうやつ」

「いいえ、まな板も腕も切れては困ります。それにですね、今日はそういうものをお願いしたくて来たわけではないのです。ええと……」

言いつつ、私は小脇に抱えていた紙を広げました。

この世界の紙は、一枚一枚手作りなのでもれなくお高いのですが、無理を言って一枚もらってきたのです。

そしてそこには、私の手によるイラストが描かれていました。

「こういう、特別な形をしたフライパン、というか焼き型というか。こういうものが欲しいのですが、作れますでしょうか」

「……へえ……」

紙のそこら中に描かれた、図面と言うにはあまりにもお粗末なそれを見て、アントンさんの顔つきが変わりました。

それは先ほどまでの頼りない青年ではなく、一端《いっぱし》の職人の顔です。

「面白いな。焼き型ということは、ここに何かを流し込んで調理するためのものだよね？」

「はい、そうなんです。ここに生地《きじ》を流し込んで、下から熱して、入れ物の形にするためのものなんです」

そして、それぞれがどういうことをしたいものなのか、一つ一つ詳しく説明していく私。

それをアントンさんは、ふんふんとうなずきながら、真剣に聞いてくれました。

「へえ、面白いこと考えるなあ。となると、場所によって温度が高いとか低いとかだと困るよね。熱の通りを均等にするために、場所によって厚みを変えないとね。下から熱するなら、全体に効率的に伝えるためにはどうすればいいか。というかこれ、上蓋《うわぶた》も熱くして挟み込む形で焼くのか。となると、もっと難しいぞ。まずは型を作って……」

私から紙を受け取ると、アントンさんはそれを食い入るように見つめながら、ブツブツと独り言を言い始めました。

大丈夫だろうか、と思っていると、隣にやってきたアガタが言います。

「まーた始まったわ。あいつ、ぶつくさ言うくせに作り始めるとアレなんだから。ああいうところは、あんたと似てるわね」

ええっ。そうかしら。

私は新しいものを作る時に夢中になって、周りが見えなくなったりは……しますね。

けど、人を置いてけぼりにして自分の世界に入ったりは……します。

はい、私でした。

「うん、まあできないことはないと思う。で、これ、いつまでに欲しいんだい？」

と、そこで考えがまとまったらしいアントンさんが言ってくれましたので、私はぱあっと笑みを浮かべて、こう答えたのでした。

「わあ、ありがとうございます！　じゃあ、できれば一週間ぐらいで欲しいです！」

◆　◆　◆

そして、ちょうど一週間後のメイドキッチン。

そこには、出来上がったばかりの新しい調理器具を見つめ、ご満悦の表情を浮かべる私の姿が！

「ああっ、まさかこの世界で、こんな素敵な物が手に入るなんて思わなかったわ！　私ってば、本当に食の神様に愛されてる！」

頬ずりしそうな勢いで……いいえ、本当に頬ずりしながら狂喜乱舞する私。

鉄でできたそれはずっしりと重く、そして作りも私の描いた絵のとおりでした。

そんな私を、呆《あき》れた顔で見ながらアンが言います。

「あんた、いくらなんでも無茶言いすぎでしょ、一週間で見たこともないような調理器具を作れって……。あのアントンとかいう人、徹夜したのか目が真《ま》っ赤《か》だったわよ」

そう、これは先ほど、アントンさんがわざわざキッチンまで届けてくれたものでした。

しかしその姿は、服はヨレヨレ、髪はボサボサ、目の下にはくまができておりました。

どうやら私が、できれば一週間で欲しいなどと言ったものだから、無理して作ってくださったご様子。

新しい形のものを作るのは予想以上に手間がかかるそうで、普通はこんなにすぐには完成しないそうです。

早く欲しいという気持ちが先走ってしまっただけで、それほど期待していたわけではないのですが、アントンさんはそれを叶《かな》えるために頑張ってくださったよう。

ありがたくも、申し訳ないことをしてしまいました。

「本当に良い人ね、アントンさん。初めて会った私のために、こんなに頑張ってくれるなんて。生粋の良い人に違いないわ」

「いや、違うでしょそれは……。あの人、凄いデレデレしてたじゃない。アンタに良いところを見せたかっただけだと思うわよ」

私が褒《ほ》め称《たた》えると、アンがからかうような笑い顔で言います。

「目も合わせられないくせに、顔を真っ赤にして『ぜ、全部は無理だったけど、とりあえずできたやつは持ってきたよ。ただこれは試作品なので、問題があったらすぐ言ってください。作り直しますので！』なーんて、はりきっちゃって。アンタって、本当にお得ねえ」

なんて言いつつ、私の横腹を肘《ひじ》でツンツンしてくるアン。

なんの話かよくわかりませんが、それより今はこの新しい調理器具……ずばり、ワッフルメーカーを試してみたくてしょうがありません。

さっそく、小麦粉や砂糖、牛乳、卵にバターなどいつものメンバーを混ぜ合わせ、その後冷蔵庫で保存しておいた生地を取り出します。

そして、二つのフライパンがくっついたような形をしたワッフルメーカーを火にかけ、焼いた時に生地が張り付かないよう、ハケで油をぬりぬり。

ひっくり返して上の蓋《ふた》もよく温めてから油を塗ったら、生地をワッフルメーカーに流し込んでいきます。

やがて中が生地で満たされると、上蓋を落としてぐっと押し込み。

様子を見つつ上下をひっくり返しながら、焼くこと数分。

甘い香りに辛抱たまらなくなりながらも、そっと蓋を開けてみると……そこには、綺麗《きれい》に焼き目のついた、美味《おい》しそうなワッフルが出来上がっていたのでした！

「ああ、こんにちはワッフル、お久しぶりね！　ずっとあなたに会いたかったのよ！」

と、目をキラキラさせながら、ワッフルを皿へと移す私。

いやあ、本当にワッフルって、見た目からして美味しそうすぎます！

ベコッと凹《へこ》んだ内側と、ふっくらと膨《ふく》らんだ外側のメリハリがたまらない。

前世でも、私は駅の構内にあるワッフル屋をよく利用したものです……シュークリームとどちらにしようか、いつも悩みながら。

いやしかし、今思い出しても、駅であんな匂いを出してるのって犯罪ですよね。

あんなの、耐えられるわけがありません。

「さ、さ、アン、試食よ。ワッフルよ、ワッフル！　たまらないわね！」

「……相変わらず、食べ物ができた時は、やたらテンションが高いわねアンタは……。それにしても、妙な形ねえ。意味あるの、これ」

などと、疑問を口にしつつも、私と一緒にワッフルを頬張るアン。

すると、次の瞬間には大きく目を見開き、歓喜の表情を浮かべたのでした。

「やだ美味っしい！　ホットケーキと同じようなものかと思ってたけど、食感や味わいがぜんぜん違うわ！　噛《か》んだところで、まるで印象が違う！」

そうでしょう、そうでしょう。

ワッフルは、一つの中で高低差があるのがいいのです。

平べったく歯ごたえのある部分と、膨らんだふわっふわの部分。

その二つの食感の違いが、口の中に甘い変化をもたらしてくれるのです。

だって、形による食感の変化というのも、お菓子にとってはとっても重要なポイントなのですから！

「でも、これをアイスにどう使うわけ？　添えて出すなら、アイスだけってご命令に背《そむ》いちゃわない？」

「大丈夫よ、そこはちゃんと考えてあるから。ふふ、それじゃ、次はこれね」

そう言って、もう一つの新しい調理器具を取り出す私。

それもワッフルメーカーのように二つがくっついたものですが、形は随分と違います。

「また個性的なものが出てきたわね。これは何を焼くものなの？」

「うふふ、よく聞いてくれたわね、アン。これはね……皮を焼くものなのよ」

「……皮？　皮ですって？　なんの皮を焼くの？　そもそも、皮を使ったおやつってなに？」

顔中に？マークをつけて聞いてくるアン。

さて、私がどんな皮を焼くのかは……できてみての、お楽しみ。

◆　◆　◆

「これより、おぼっちゃまのおやつタイムを始めます」

「よろしくお願いいたします、おぼっちゃま！」

王宮の中庭にメイド長の号令が響き、夏の日差しが差し込む中、昼下がりのおやつタイムが開始されました。

おやつタイムは、私たちおやつメイドが、おぼっちゃまにお菓子をお出しする特別な時間。

我が王宮では、伝統的に、王子様のおやつはメイドが担当しているのでございます。

そして同時にそれは、病気で倒れられた国王様の代わりを務《つと》めるおぼっちゃまに、少しでも安らいでもらうべく。

五つの班に分かれたメイドがしのぎを削る、勝負の場でもあるのです！

「うむ。今日のおやつタイムも、楽しみにしておったぞ！」

と、お席につき、楽しそうに笑みを浮かべる小さなおぼっちゃま。

美しい金髪に、とても賢そうな、そしてとても整《ととの》った愛らしい顔立ち。

（ああ、おぼっちゃま。いつ見ても、なんて可愛いのかしらっ！）

と、そのお顔を見つめながら、ニコニコしてしまう私。

以前は、自分のためだけに料理を作っていた私ですが、おぼっちゃまと出会ってからは考えが一変。

どうやっておぼっちゃまに美味しいおやつを召し上がってもらおうか。

そのことで、日々頭がいっぱいなのでした。

なんて私がおぼっちゃまに見惚《みほ》れている間にも、メイドの先輩であるお姉さまたちが動き出し、おぼっちゃまの前におやつを並べていきます。

しかしそれがもう、尋常な量ではなく。

なにも知らなかったら、これから大人数のパーティがあるのかと勘違いすること間違いなし。

そしておぼっちゃまは、この大量のおやつをたった一人で平らげる、大食漢なのでございます！

「うむ、今日もおやつは美味《うま》いな。素晴らしい」

そんなおやつの山を、おぼっちゃまは美味しそうに、そしてもの凄《すご》い勢いで召し上がっていきます、が。

しかし時折、私たちの方をチラリチラリ。

私が班のリーダーであるメイド頭を務める、メイド五班。

その準備を見て、どうやら今日は期待していたアイスが出る日みたいだぞ、と勘付かれたようで、気になって仕方がないご様子。

「……おぼっちゃまが獲物を追うハンターの目をしてらっしゃるわ。ご期待に添えるかしら。不安になってきたわ……」

「大丈夫よ、アン。準備は十分。勝てるわ、私たち」

小声で不安げに言うアンを励《はげ》ましながら、最後の準備を進める私。

氷がたっぷり入った容器で冷やしているアイスを、丸くすくえるスプーン（これも作ってもらいました）ですくい、どんどん盛り付けていきます。

この中庭には涼しげな水路が流れていて、体感温度はそれほど高くないですが、それでもアイスが溶けるには十分な暑さ。

どうかドロドロになる前に私たちの順番が来て、と願っていると、そこでようやくメイド長から声がかかりました。

「五班、お出ししなさい」

「はい、ただいま！」

待ってましたとばかりに、意気揚々とワゴンを押していく私たち。

そしておぼっちゃまの前で止まると、アイスの載ったお皿をお出ししながら、私は笑顔で言いました。

「お待たせしました、おぼっちゃま！　今日のおやつは、ご所望のアイスにございます！」

「うむ、待っていたぞ！」

目の前に置かれたアイスを見て、おぼっちゃまが歓声を上げました。

しかし、次の瞬間には「ん？」とつぶやき、不思議そうにおっしゃいます。

「シャーリィ。アイスはよいのだが、これは随分変わった容器に入っておるな」

そうおっしゃるおぼっちゃまの視線の先には、アイスを受け止めている、黄色い入れ物の姿がありました。

それは前世でよくあった、食べられる入れ物『アイスクリーム・コーン』。

そう、私たちはアイスを、手製のアイスクリーム・コーンに載せ、これも作ってもらったアイススタンド（ソフトクリームとかを立てておけるアレです）に立ててお出ししたのでした。

前世の遊園地なんかで、出されていたように！

ですが、この世界でこんなものがいきなり出てくれれば、面食らうのは当然のこと。

なので私は深々と頭を下げて、説明を始めました。

「おぼっちゃま、こちらの入れ物はコーンと言いまして、アイスを手に持って楽しむためのものでございます。スプーンを使わず直接冷たいアイスを口にでき、さらに、この入れ物自体も食べられるようになっております！」

「ほう！　それは、なんとも面白き工夫《くふう》だ……！」

それを聞いたおぼっちゃまの顔が、ぱあっと明るくなります。

そしてそのままアイスのコーンを手に取ってくださったので、私は密《ひそ》かにぐっと拳《こぶし》を握りしめてしまいました。

（よしっ、第一関門クリア！）

アイスだけだと言ったはずだ、と突っ込まれたらどうしようかと思いましたが、目論見《もくろみ》どおりコーン付きのアイスを『こういうもの』として認めてくださったようです。

お坊ちゃまはそのまま冷たくて甘いアイスにかぶりつき、そしてすぐにニッコリと、笑みを浮かべてくださいました。

「冷たい！　これだ、これ！　余はこれが欲しくてしょうがなかったのだ！」

上機嫌で、そのままパクパクとアイスに食らいついていくおぼっちゃま。

第一弾は前と同じバニラアイスにしたのですが、味もご満足いただけた様子。

そして半分ほどを平らげたところで、おぼっちゃまはしげしげとコーンを見つめ、そしてがぶりとかぶりつきました。

「おおっ……！　本当に食べられるぞ！　しかも美味しい、サクサクだ！」

感動した様子で、ガジガジとコーンをかじっていくおぼっちゃま。

どうやらコーンの味もお気に召してくださったようです。

「アイスと一緒に食べると、さらに美味しい！　……しかし、この形は不思議だ。これはどうやって作ったのだ、シャーリィ？」

「はい、おぼっちゃま。そちらは薄い生地をフライパンで焼き、温かいうちにクルッと巻いて作っております！」

そう、コーンは型で焼いて作るものもありますが、今回は別の方法を採用しました。

小麦粉や卵白などで作った生地を、フライパンに薄く広げて両面をよく焼く。

そして温かいうちに取り出して、くるんとコーンの形に丸めてしばし待つと、あら不思議。

冷めていくとともにコーンは固まり、カリカリサクサクの食感になるのでございます。

「ほう、シャーリィ、お主は本当に面白いことを考えつくな……。ああ、もうなくなってしまった。次を頼む」

「はい、おぼっちゃま。では、次はこちらなどいかがでしょう」

カリカリと小動物のようにコーンをかじり、あっという間に平らげてしまわれたおぼっちゃま。

可愛い。

元気にお答えし、私が次に差し出したのは、先ほどのアイスとは別種類。

柔《やわ》らかいものが、ぐるぐると渦巻《うずま》いたものでございました。

そう、それはアイスと双肩をなす、みんな大好きの柔らか冷たいアイツ。その名は。

「ソフトクリームでございます！」

「ソフトクリーム……。ほう、ほう。今食べたものとは、趣《おもむき》が違うな」

バニラ味のそれを手に取り、見つめながらおぼっちゃまが嬉しそうにおっしゃいます。

そしてそっと口元につけた瞬間、またもやおぼっちゃまの口元が緩みました。

「柔らかい！　美味しい！」

そしてそのまま、ぱくぱくとソフトクリームを頬張っていくおぼっちゃま。

どうやらソフトクリームもお気に召していただけたようです。

「アイスと似た味わいながら、柔らかく口の中で溶けてゆく……。食感の違いでここまで違うものか。美味しい、凄く美味しいぞ！」

ベタ褒《ぼ》めしてくださるおぼっちゃま。

ですよね、美味しいですよねソフトクリーム！

硬いアイスが溶けていくのを味わうのもいいですが、柔らかいソフトクリームをぱくぱく食べていくのは、また違う種類の喜びがあるものです。

私も子供のころは、親にどこかへ連れていってもらうたびに、ソフトクリームをねだったものでした。

炎天下に、笑顔でソフトクリームを頬張ったあの夏の日の思い出は、転生した今でも色あせません。

ああ、また一つおぼっちゃまに、私の知る喜びを伝えることができました。

そして調子に乗った私は、さらに次のアイスを繰り出したのでございます。

「おぼっちゃま、こちらはアイスモナカでございます！」

「……？　これは……アイス、なのか？」

ゴツゴツとした、黄色いブロックがいくつもくっついているような形のそれをお出しすると、おぼっちゃまは不思議そうな顔をなさいました。

なので、私はにっこり微笑《ほほえ》んで説明を始めます。

「はい、おぼっちゃま。このアイスモナカは、中にアイスが詰まっているのでございます。がぶっとかじってみてください、がぶっと」

「ほう、どれどれ……」

私に言われるままに、本当にがぶっとアイスモナカにかぶりつくおぼっちゃま。

すると、モナカの皮がパリパリッと割れて、中からアイスが飛び出し、おぼっちゃまは驚いた顔をなさいました。

「なんと、またもや驚いた。予想外の食感だが、実に心地よい。これは、この食感を楽しむための入れ物ということか！」

「はい、おぼっちゃま、そのとおりでございますわ！　そのパリパリ食感がアイスモナカの命なのでございます！」

そう、二つ目の型焼き機は、このモナカの皮を作るためのものでした。

アイスといえば、私的にアイスモナカは外せません。

……本当は、中にチョコレートの板を仕込んで、チョコアイスモナカにしたかったのですが。

チョコは現在品切れ中なので、断念いたしました。

まあ、モナカと言いつつ、この皮は小麦粉で作ったものですけどね。

なにしろ作ったのが初めてだったので、ちょっと苦労しましたが、最後にはパリッと気持ち良く割れるよう出来上がってくれて大満足です。

「なるほど、食べていると意味がわかるぞ……。アイスの食感は柔らかいから、それだけだと飽きやすい。そのため、食感の変化に力を入れておるのだな？」

と、おぼっちゃまがニヤリと笑い、鋭い推理を披露してくださいます。

なので、私はニッコリと微笑んでお答えました。

「さすが、おぼっちゃま！　なんでもお見通しで、感服いたしました！　まさに、そのとおりでございます！」

嘘《うそ》です。

本当は、アイスだけ食べさせるとお腹《なか》を確実に壊すから、他のものでかさ増ししているだけでございます。

噛んだ時に歯ごたえがあれば、満腹感にも繋《つな》がります。

ああ、たくさん噛んで、早く満足してくださいましおぼっちゃま。私は、先ほどからハラハラしっぱなしにございます。

そして、次に私が繰り出したのは……やや実験作。

最初にもらった型焼き機で作ったワッフル。

それを、上下に切り分けて、間にアイスを挟んだもの。その名も。

「ワッフルサンドアイスでございます！」

「ワッフルサンドアイス……。ほう、サンドウィッチみたいなものか」

と、ワッフルに挟まれたアイスをしげしげと見つめながら、おぼっちゃまがおっしゃいます。

サンドウィッチはパンに食材を挟むだけという、とてつもなくノーマルな食べ物なので、この世界でもよく食べられているのでした。

「しかし、アイスを挟んでいるものは、実に奇妙な形をしておる。これも、食感を楽しむためにこうしておるのか。どれ」

などと言いつつ、あむっとワッフルサンドアイスにかぶりつくおぼっちゃま。

そして、じっくりと噛みしめた後……じんわりと、そのお顔に笑みが浮かんでまいりました。

「美味しい……。これは……いいな。風味豊かな外のものと、柔らかく味わい深いアイスが混ざり合って、実に良き塩梅《あんばい》だ。どことなく、パンケーキのことも思い出す……。場所によって食感が違うのも面白いい！」

どうやらワッフルサンドアイスも、無事おぼっちゃまに受け入れられたようです。

よしよし。せっかく作ってもらった型焼き機を無駄にせずに済みました。

今後は普通のワッフルもお出しすることにしましょう。

そして、ワッフルサンドアイスの後も、おぼっちゃまは当然のように次をお求めになり。

私はバニラ味以外のバリエーションをお出しすることにしました。

イチゴ味にメロン味、オレンジ味にキャラメル味。

チョコがないのは残念ですが、それはいつかの楽しみに。

私が次から次へと繰り出すアイスを。それはもう楽しそうに味わってくださるおぼっちゃま。

ですが。その時、事件は起きたのです。

「うっ……！」

「お、おぼっちゃま……？　どうなさいました？」

「ううっ……頭がっ……頭が、痛い！」

そう、突如としておぼっちゃまが頭に手を当て、苦しみだしたのでございます！

◆　◆　◆

「おっ、おぼっちゃま⁉　大丈夫でございますか⁉」

「おぼっちゃま、しっかり！　しっかりなさってください！」

メイド全員が一斉に悲鳴のような声を上げ、中庭は蜂の巣をつついたような大騒ぎ。

慌てている私を弾《はじ》き飛《と》ばして、心配そうな顔でオロオロとおぼっちゃまを取り囲みます。

「おぼっちゃま、しっかり！」

「こ、この痛がりよう、まさかご病気……⁉」

「いえ、それよりまさか……なにか、悪いものを食べてしまわれたのでは……⁉」

「まさか、毒⁉　シャーリィ、あんた、何を食べさせたのよ！」

苦しんでいるおぼっちゃまに声をかけつつ、ついには私に非難の声を飛ばしてきます。

やばい、こういう状況は想定していたのに、出遅れてしまった……！

「ちっ、違います、これにはちゃんと理由があるんです！　おぼっちゃま、落ち着いてこちらをお飲みください！　すぐに良くなりますから！」

慌ててメイドの波をかき分け、おぼっちゃまの元にたどり着き、あえてぬるくしたお茶を差し出す私。

言われるまま、すがりつくようにお茶をぐいっと飲むおぼっちゃま。

すると、その顔色はみるみる良くなり。やがて、ケロッとした様子でおっしゃったのでした。

「……なんと。頭が痛いのがぴたりと治ったぞ。不思議だ」

そのお言葉に、私を含めたメイド全員がホッとした顔をします。

そして、メイド長が硬い声で、私を問いただしました。

「なにがあったのです。これはどういうことですか、シャーリィ。説明なさい」

「はっ、はいっ。おぼっちゃまは、頭が痛くなられたのではございません。アイスのせいで喉が冷えてしまい、それを頭痛と勘違いなされたのですわ。よくあることにございます」

そう。それは、冷たいものを一気に食べた時に起きるもの。

喉頭が急激に冷やされ、それにより頭痛のような痛みを感じてしまう症状……その名も、『アイスクリーム頭痛』！

……いえ、本当なんです。私の作り話やホラではございません。

冗談でもなんでもなく、これが医学的な正式名称らしいのです。

冷たいもののせいで喉頭の神経が刺激され、間違った信号が送られたりするのがその原因だとかなんとか。

ですので、冷たいものを一気に食べすぎて頭痛を感じた時の対処は二つ。

舌を喉に押し当てて温めるか、温かい飲み物を飲むかでございます。

「なんと、そのようなことがあるのか。アイスは、美味しいだけでなく危険な食べ物でもあったか……」

「申し訳ありません、おぼっちゃま。先にお断りしておくべきでしたわ」

「いや、よい。余も少し慌てて食べすぎた。よくよく考えれば、体とは本来温かいもの。そこに冷たいものを一気に詰め込めば、おかしくなるのは道理だ」

しゅんとした私が頭を下げると、おぼっちゃまはそうおっしゃってくださいました。

ああ、なんて聡明《そうめい》でお優しい方なのでしょう。

そして、そんな私たちを見て、メイド長がおっしゃいます。

「おぼっちゃま。今後、冷たいおやつは少量になさってください。お体を悪くされては、元も子もありません」

その顔には、「ただでさえ食べすぎなのですし」と書いてありましたが、それをあえて口にはされませんでした。

「うむ、そうであるな。残念だが……アイスを腹いっぱい、というのは避けた方が良さそうだ」

と、まだ残っているアイスを見ながら、悔《くや》しそうにおっしゃるおぼっちゃま。

そのお言葉に、私もほっと胸をなでおろします。

ああ、良かった。おぼっちゃまがお腹を下される前で本当に良かった。

これからは、やはりアイスは付け合わせとして使うこととしましょう、と私が考えていますと。

そこでおぼっちゃまが、少し意地悪そうな顔でおっしゃったのです。

「しかし、シャーリィよ。お主は随分とアイスに詳しいな。さては、お主。毎日、これを自分でも楽しんでおるな」

その核心を突いたお言葉に、ぎくっ、と私の動きが固まります。

「いっ、いえ、そのようなっ……。た、確かにおぼっちゃまにお出しするための研究を日々重ねてはおりますが、け、決して自分が楽しむなどっ」

視線をさまよわせ、すっとぼけようとする私。

おぼっちゃまは、そんな私をあえて追及したりはしませんでしたが。

しかしニコリと笑みを浮かべ、こうおっしゃったのです。

「そうか。まあよい。では、お主が考える、このアイスが一番美味しく楽しめるタイミングはいつだ」

「えっ、そ、それは……。その……。食後か、風呂上がりにございます……」

「そうかそうか。実は、余もそう考えておった。風呂上がりにこれを食べられれば、最高であろうとな。ではシャーリィよ。これから毎日、余が風呂上がりに食べるためのアイスを用意するように。良いな？」

えええええっ、そんなっ！

私だけ、これから毎日、もう一つおやつをお出しする役割が増えるんですかあっ！

……と、一瞬うげえっとなりましたが、しかしおぼっちゃまに命ぜられれば喜んで働くのがメイドでございます。

ああ、げに恐ろしきは宮仕え。

私は深々と頭を下げて、「喜んでやらせていただきます、おぼっちゃま！」と答えたのでした。

……まあ、アイスは作り置きできますし。

どうせ自分の分を作るから、そこまで大変じゃないですけどね。

◆　◆　◆

「はーやれやれ、どうにか凌《しの》ぎきったわ……」

こうして無事に難題を乗り越え、どっと疲れてメイドキッチンに戻る私。

いろんな人の力を借り、本当にどうにかです。

とにもかくにも、しばらくの間、私の頭を悩ませていた問題が解決しました。

それにこれからもアイスを出すならば、作っていただいた型焼き機も無駄にならないですし。

となれば、ここはいっちょ自分用のお菓子で盛大にお祝いせねば！　などと、一人でニヤニヤしていた私ですが。

しかしそこで、お姉さまのお一人が、困ったような声でつぶやいているのが聞こえてきました。

「はあ、本当に困ったわ……。また手を付けてくれないなんて。どうすればいいのかしら……」

そんなお姉さまが手に持つお皿の上には、美味しそうなパンとチーズとソーセージが。

気になって「どうしたんですか、お姉さま」と尋ねると、彼女は困った顔でこう答えたのです。

「ああ、シャーリィ。実は私、今、『塔の魔女様』にお食事を出す係をしているの。でも、出しても出してもほとんど食べてくれなくて、困ってるのよ」

……塔の魔女様！　塔の魔女様、ですか。

そのワードは、何回か聞いたことがあります。

いわく、この王宮には二人の魔女がいると。

その一人は、もちろん我らが畑の魔女、アガタ。

そしてもう一人、私がとっっってもありがたく使わせていただいている、冷蔵庫やコンロを作った魔女様がいる。

それが、塔の魔女様。塔の魔女は、珍品を発明する魔女である、と。

「食べてくれないって、気難しい方なのですか？」

「そういうわけではないの。話せばフランクな方なのよ。でも食べることにどうにも執着がないみたいで、いつでも研究に夢中なの。それで、今忙しいから置いておいて、って言ってそのままにしちゃうのよ」

彼女に興味津々な私が尋ねると、お姉さまはそう答えました。

なんともまあ。どうやら塔の魔女様は、何かを作るのは大好きだけど、食べる喜びは知らぬ方のようでございます。

「ただでさえ痩せてらっしゃるのに、これではいつか倒れてしまうわ。ああ、どうしようかしら……」

困り果てた表情で、ふうとため息をつくお姉さま。

なるほど、お姉さまがお困りなら、私的にもどうにかしてあげたいところでございます。

それに、正直、私自身も塔の魔女様に一度会ってみたいと思ってましたし。

なので、私は思いきって、お姉さまにこう提案したのでした。

「なるほど、お困りの内容はよくわかりました。では……僭越《せんえつ》ながら、お姉さま。私が、代わりにやってみましょうか？」

第二章　塔の魔女とクラブハウス・サンドウィッチ

そして、その日の夕刻。

私は王宮の端にある、古ぼけた塔へと足を運んでいました。

元々は監視塔だったらしいのですが、王宮が改築されていくとともにその役割を終《お》え。

すっかり放置されていたものを、今では魔女様が好き勝手に使用しているとのこと。

それゆえ、塔に住まう魔女……つまり、塔の魔女と呼ばれるようになったらしいです。

「うわー。このあたり、夜に来ると結構不気味ね」

塔の周りには照明がないので、頼れるのは手元のランタンだけ。

そのやや頼りない明かりで照らしながら、入り口の扉を押すと、それはギギィ～ッとなんだか恐ろしげな音を立てながら開いていきました。

そっと内部を覗《のぞ》き込《こ》むと、そこは薄汚れていて、そして上へと向かう螺旋《らせん》階段が伸びています。

「お邪魔しまーす」

一応挨拶をして、ランタンと、食事の入ったバスケットを手に階段を上がっていく私。

そう、私は無事お姉さまに交代してもらい、塔の魔女様に夕食を届けに来ていたのでした。

「そうね、お願いしようかしら。あなたなら、変人同士、気が合うかもしれないし」

とは、代わりが見つかってホッとしていたお姉さまの弁でございます。

そうか、あのお姉さまも、私のことはちゃんと変人だと思っていたのか……。

などと思いつつ、明かりのついていない階段を頑張って上がってゆきます。

いやあ、しかし、静かな塔の中にカツンカツンと自分の足音だけが響いていて、なんとも不気味な雰囲気でございます。

（まあ、私は怖いのとか結構平気だけどね）

前世でホラー映画を見に行った時も、友達たちがぎゃーぎゃー怖がっているのをよそに、私だけもりもりとポップコーンを食らっていました。

さらに友達に無理やり引っ張られて、男女混合で行った遊園地でも、おばけ屋敷《やしき》でピクリとも驚かないので男の子に呆《あき》れられたものです。

なんて前世を思い返しているうちに、やがて階段は扉に突き当たりました。

私はなんだかちょっと緊張してしまい、そこで大きく深呼吸。

おばけは怖くないですが、塔の魔女様の不興を買うのは怖いです。

嫌われぬよう、気をつけてご挨拶しなければ。

そして意を決し、恐る恐る扉をノックしますが、中からはなんの返事もありません。

（あれ。もしかして寝てらっしゃるのかしら）

それだと迷惑になってしまうかも。そうは思いましたが、試しに押してみると、扉に鍵はかかっておらず。あっさりと、開いてしまいました。

「し、失礼しまーす」

声をかけ、室内へと入る私。

すると、そこは広い空間に所狭しと物が詰め込まれていて、まるで倉庫のよう。

部屋は薄暗く、置かれているのは、金属や木製のよくわからない物ばかり。

ガラクタかしら、と思いましたが、よく照らして見てみると、それはなにかの装置のようでした。

塔の魔女は、発明の魔女。珍品をこさえては、王族の皆様に献上するのがそのお役目。

ならば、これらはおそらく彼女が作った物なのでしょう。

しかしそれらはあまりにも雑然と置かれ、部屋のあちこちにほこりも溜《た》まっている始末。

こんなところに本当に人が住んでいるの？　と疑問に思いましたが、しかしよく見ると、部屋の中央だけはロウソクの明かりで照らされていました。

そして、そこには絵を描くための大きなキャンバスが置かれていて、その前には、大きな毛玉のようなものが転がって……。

いいえ、違います。よく見るとそれは、人でした。

どなたか、ボサボサの赤い髪をした方が、毛布にくるまったまま椅子《いす》に座っていて。

一心不乱に、キャンバスに何かを描いているのでございます。

（……この方が、魔女様かしら）

その方は、描くのに夢中で、私が入ってきたことにすら気づいていないご様子。

なので、私はわざとらしく咳払《せきばら》いを一つ、そしてこう声をかけたのでした。

「失礼します。お夕飯をお持ちしました、魔女様」

そして、じっと返事を待ちますが、その方は忙しそうにペンを走らせるばかりでなんの反応もしてくれません。

聞こえてなかったのかしら、と思った矢先。

そこで、時間差でお返事がきました。

「ああ、ありがとう。今は忙しいから、そこに置いておいてくれたまえ。後でいただく」

それは、ややハスキーな女性の声でございました。

彼女は振り返りもせずにそう言うと、また描く作業に戻ってしまいます。

まあ、なんとつれない態度でしょう。正直、寂しい！

ですが、こちらもそう言われて、ハイそうですかと帰るわけにはいきません。

彼女にしっかりと食事をさせるのが、今回の私のミッション。

放っておくと、また手を付けてくれないことでしょう。

なので、私は近くにあったテーブルの上に、彼女のために作った夕飯を広げました。

それは、研究に夢中で食事を忘れるという彼女が、片手間で食べられるように工夫《くふう》したもの。

パンの間に、色とりどりの華やかな具材を詰め込んだ、みんな大好きなアレ。

そう、ずばりサンドウィッチでございます！

……魔女だけに！

「見てください、魔女様。お夕飯のサンドウィッチにございます！　頑張って作ってまいりました、そりゃあもう美味《おい》しいですよっ」

「………」

「お好きな食材はなんですか？　お肉、お魚、それともお野菜でしょうか。手軽に取れるよう、色々サンドしてみました。さあ、どれからお召し上がりになります？」

「……君、すまないが。言っただろう、今良《い》いところなんだ。悪いが放っておいてくれたまえ」

ああん。熱心に説明する私にようやく返事してくれたと思ったら、やっぱりつれない！

魔女様は描くことに熱中していて、やはり私の方を見てもくれません。

むう、手強《てごわ》い、などと思いつつ、そこでじっと彼女の横顔を観察する私。

毛布にくるまった彼女は、インクで汚れてはいますがなかなか男前（女性に対して言う言葉ではないですが）の顔立ちをしていました。

歳《とし》は多分、私より二つか三つ上でしょうか。それでもまだ少女と言ってよいはずです。

こんな方が、すでにバリバリ働いていて、この世界で、自力で冷蔵庫やコンロを開発してるなんて。なんて凄《すご》いんでしょう！

魔女の力もあるでしょうが、それだけであんな凄い物はできないはず。

類まれな才能の持ち主であることは間違いありません。

ですが……その体つきは、毛布の上からでもわかるぐらい細いものでした。

痩せてる、を通り越して、ほとんど栄養失調までいってそうなぐらい。

本当に、ほとんど食事をとらずに生活しているようです。

食べるものも食べず、こんな調子で好き勝手な生活をしていては、体が持ちません。物事を継続するために必要なのは、ちゃんとした栄養補給と睡眠。その一つである食事をおろそかにする者に、未来はないのです。

かといって、言って聞いてくれるような方ではないご様子。

ならば、致し方ありません。ここは、強硬手段をとるのみっ！

「わかりました。どうしても忙しくて食べる時間がないというのでしたら、どうでしょう。ズバリ、私が横から食べさせて差し上げますわ！　はい、魔女様、あーん」

そう言って、私はサンドウィッチの一つをがしっと摑《つか》み、ぬっと魔女様の顔の側に差し出します。

すると、魔女様はギョッとした顔をし、ようやくキャンバスではなく私の方を向いてくれました。

「……おいおい、君、なんの真似《まね》だ？　放っておいてくれと言ってるだろう」

「お邪魔して本当に申し訳ありません、魔女様。ですが、私は必ず魔女様にお食事をとっていただくよう申し付けられております。しかるに、これならば手を動かしながらお食事をしていただけますでしょう。名案だと思いませんか？　これこそ利害の一致というやつでございますわ！」

「……変わってるなあ、君は。わかったわかった。じゃあ、それでいこう」

そう言って、魔女様は描く作業に戻りつつも、私の差し出すサンドウィッチにかぶりついてくださいました。

すると、焼いておいたパンがカリッと鳴り、さらに中に挟まれたレタスがしゃきしゃきと音を立てます。

ですが魔女様はそれに気づいた様子もなく、そのまま興味もなさそうにモグモグすること、一度、二度。

そして。三度、噛《か》みしめたところで……魔女様は、ギョッとした顔をなさったのでした。

「……なんだこれは……。……君。今、ボクに何を食べさせた？」

と、驚きの声を上げる魔女様。一瞬、怒ったのかと思いました。

ですがその視線は、興味深げに、自分のかじった跡がついているサンドウィッチに向いてます。

どうやら、単純に自分が食べたものがなんなのか知りたいだけのようなので、私はちょっと得意げに、こう答えたのでした。

「こちら、クラブハウスサンドにございます！」

クラブハウスサンド。

アメリカ発祥であるらしいそれは、サンドウィッチの一種、と言ってよろしいでしょう。

その最大の特徴は、パンがトーストしてあること。

その間に挟むものにさほど細かいルールはないようですが、今回はパンに厚くバターを塗り、新鮮レタスに目玉焼き、厚く切ったローストビーフ。

さらにカリカリベーコンに、とびきりのトマトを載せ、とどめとばかりに私の作った特製ソースをたっぷりと付けてサンドしました。

それを、ついでに作ってもらった型焼き機、ホットサンドメーカーでこんがりトースト。

それを半分にカットしたのが、こちらの一品。

噛むと、多数の食材と特製ソースが混ざり合った、複雑にして絶妙な味わいが一気にあふれ出す、最高のサンドウィッチとなっております！

「クラブハウスサンド……？　聞き慣れない名前だ。それに、なんだ今の味は？　凄《すさ》まじく複雑な味がしたし、おそらくボクが知らないものがたくさん入っていたぞ。……ちょっと失礼！」

そう言うやいなや、魔女様は私の手からクラブハウスサンドを奪い取り、そしてしげしげと観察を始めました。

断面を観察し、次にパンを剝がして、具材を一つずつバラし始めます。

「レタス、卵、ベーコン、それと何かの肉……おそらく牛肉かな。ここまではわかる。だが、この赤いものはなんだ？　食べたことのない味がするし、真《ま》っ赤《か》だ。野菜の一種かな。だがなにより気になるのは、このかかっているソースだ。この奇妙なソースはなんだ⁉」

赤いもの、とはトマトのことで、どうやら彼女は初遭遇のようです。

そして、さらにソースに興味を持たれた様子。

なので、私はニッコリと微笑《ほほえ》んで、その名をお伝えしました。

「そちらは、オーロラソースと申します！」

オーロラソース。

それは、ケチャップとマヨネーズを組み合わせた、とっても美味しいソースのこと。

これがもう、本当にいろんな料理に合う素晴らしいソースで、クラブハウスサンドに入れると、とっても味わい深くしてくれるのでございます！

とにかくケチャップもマヨネーズも、この世界の皆様には未知のもの。

なにしろ私が前世での知識を使って、おそらくこの世で初めて作っているのですから。

それらをさらに混ぜ合わせてあるとなれば、それはもう、不思議に思うのも当然ってやつでございます。

「オーロラソース……。奇妙な名だが、なるほど、面白い味だ。とりとめのない具材を、これが一つにまとめ上げている。実に興味深い……！」

などと言いながら、食べもせずジロジロと観察を続ける魔女様。

どうやら、食欲以上に知的好奇心が刺激されたご様子。

彼女は一度気になると、徹底的に調べずにはいられない性格のようです。

「基本はサンドウィッチだが、こんなに複雑で奇妙な種類は見たことがない。焼く工夫や、味の構築具合も実に個性的だ。なるほど、これを作った人は、なかなか独創的な人物のようだ」

さんざんバラバラにして確認し終わった後、感心した様子で魔女様はおっしゃいました。

そして一つ一つ丁寧に元どおりに組み立て、自分の手で摑んでかじりつき、そしてウンウンと納得したように何度もうなずいてみせる魔女様。

「複雑なパーツを組み合わせ、一つの大きな味を完成させている。まるで精巧に組み上げられた装置のようにね。いつも運ばれてくる、平凡でなんの面白みもない食事とは大違いだ。うん、これなら、食べる価値がある！」

と、モグモグしながら嬉《うれ》しそうに言う塔の魔女様。

その言葉に私は驚いて、思わずこう聞き返してしまいました。

「えっ。……あのう。もしかして、いつも料理を残されていたのは、それが平凡で、食べる価値がない料理だったから……とか、なのですか？」

「ああ、そうさ！　だって、つまらないものをお腹《なか》に詰めると、ボク自身もつまらなくなってしまうかもしれないだろう？　それなら、お腹がからっぽの方がまだマシというものさ。驚きのない食事の時間ほど、無価値なものはないよ」

……いやはや、驚きました。食事というものは、生きていくために必要なことであり、つまるかつまらないとかそういうものではないはずです。

なのに、彼女的には、つまらないものを食べるぐらいなら餓死した方がマシみたいです。

うわあ、天才の考えることって、わかんない！

「だが、このクラブハウスサンドとやらは、ボクの食に対する常識を揺るがしてくるね。ただ焼いただけとか、ただ美味しく作っただけとかじゃない。これには、こう組み合わせてこういう味を目指すという『設計』がある。よくできた美術作品のようにね。実に素晴らしい！　ああ、こういうものなら、大歓迎だよ！」

などと、魔女様は大はしゃぎで色々おっしゃってますが。

まあ結局は、「このサンドウィッチ、凄く口に合う！」ということのようでございます。

たったそれだけのことに、いくつもの理由をつけ、熱弁を振るう。

どうやら、塔の魔女様はそういう方のご様子です。

(まあ、なんにしろ、食べてもらえて安心したわ。ミッション達成!)

と、どうにか目的が達成できて安堵《あんど》する私。

そして、魔女様はさらに、別の種類のサンドウィッチ……ズバリ、タマゴサンドにも手を伸ばしてくださったのです。

「うーん、これも実に奇妙な味だ! だが実に美味《うま》い! これ、卵と絡《から》めてある白いソースはなんだい」

「そちら、マヨネーズと申します」

「マヨネーズ! またもや珍妙なる名だ。どうやって作っている?」

「卵に、油とお酢などを混ぜて作ります。マヨネーズは何にでも合う、万能ソースですわ!」

「なるほど、ソース自体も卵でできているのか。……しかしなんとも、これは脳へとダイレクトに伝わってくるような美味しさだ! まずいな、中毒になりそうだよ!」

と、タマゴサンドを頬張りながら絶賛してくださる魔女様。

お気持ちはよくわかります。だって私も、コンビニのタマゴサンドが大好きで、週に一回は食べないと気が済まなかったぐらいですから!

他にも、魔女様はツナサンドを頬張って、その中身の作り方を興味深げに聞いてくださり。

最初の塩対応とは比べ物にならないぐらい、距離が近づいたのでした。

ああ、私のサンドウィッチ戦法は大成功!

栄養価の高い食材と、そしてカロリーたっぷりのマヨケチャをたらふく食べさせ、十分に栄養不足を補ってもらえたことでしょう。

そして、頃合いを見計らって、私はもう一つの目的を果たすべく、こう切り出したのでございます。

「あのう、魔女様。その、遅くなってしまいましたが。今日は、お仕事とは別に、私個人としてお礼を申し上げに参りました」

「お礼？　なんのだい」

「冷蔵庫や、コンロのでございます。あれらのおかげで、私は本当に助かっております。素敵な品々を、本当にありがとうございました！」

と言い、深々と頭を下げる私。

そう、今回はこれも目的だったのでございます。

あれらのおかげで、私は大助かり。前世の料理も再現し放題。

いつか必ずお礼を言うぞと、決めていたのです。

「ああ、あれか。点数稼《かせ》ぎで作ったものだが、イマイチこの城の料理人たちは使いこなせてないようだった。けど、君の役に立ってるなら、作った甲斐《かい》があったかな」

そう言って、少し嬉しそうに笑ってくださる魔女様。

ああ、良かった。

ようやくお礼を言えたぞ、と。そう、私はとっても安心してしまいました。

それが、いけなかった。

なにしろ……すっかり油断してしまった、私は。

そこでふと、視線を、魔女様が一心不乱に何かを描いていたキャンバスに向け、そして。

迂闊《うかつ》にも。

そう、あまりにも迂闊にも、つい、こんなことを口走ってしまったのですから。

「わっ、凄い。飛行機の設計図だわ」

そう。そこに描かれていたのは、見まごうことなき飛行機の設計図だったのでございます。

二対の翼に、流線型のボディ、そして操縦席。

それは、確かに人が乗って、空を飛ぶための装置でございました。

前世ぶりに見たそれに、思わず声を漏《も》らしてしまった私。

しかし、もちろんそれは、とんでもねえ失敗なのでございました。

なにしろ、私が『飛行機』と言った瞬間……魔女様は、ギョッとした顔でこうおっしゃったのですから。

「ヒコーキ……？　ヒコーキ、とはなんだ。……君、まさかこれがなんなのか、わかるのか？」

……しまった――――!!

思わず心の中で絶叫を上げる私！

やらかした……久しぶりにやらかしました！

ああ、ただのメイドである、この私が。

飛行機の、設計図なんてわかるわけないのに……！

しかも、こちらにその言葉がないので、日本語でヒコーキと言ってしまっている始末。

なんたる失態！

（やばい、やばいやばいやばい……！　なんとか、ごまかさないと！）

滝のように汗を流しながら、私は必死に知らんぷりをしようとします。

「いっ、いえ！　わ、わかりません！　なにも言ってません、私！」

「わからない？　そんなわけないだろう。今君は、はっきりと設計図だってつぶやいたじゃないか。ボクは確かに聞いたぞ」

「わっ、私、設計図の概念は知っていましたので、それでっ……」

「それはおかしい。そもそも、これが設計図だってわかる時点でおかしいんだからね。これは、ボクが夢を叶《かな》えるためにずっと挑戦しているものだ。これを作りたいから、お城に来たと言ってもいい。けど、理解できた人は今まで誰一人いなかった。少なくとも、一目でなにかの設計図だなんて言ってきたやつは、誰一人としていなかったんだ。……君以外はね」

ああああ。まずい。まずい。

この方、滅茶苦茶《めちゃくちゃ》詰めてくる！　逃してくれない！

どうすればいいのでしょう。良い案が思いつかず、慌てふためく私。

ですがその時、そんな私の手を、突如として彼女が掴んだのです！

「わっ⁉」

「……落ち着きたまえ、君。なにも取って食おうと言ってるんじゃない。いいかい。ボクはね、ただ事実を知りたいだけなんだ」

なだめるように、私の手をぎゅっと握る魔女様。

そして、やがて優しい声で続けました。

「君は、実に変わった人だ。この奇妙なサンドウィッチたちを作ったのも君なんだろう？　その上、君はこれが設計図だとすぐに理解した。普通じゃない。君は、実に普通じゃない」

そして、塔の魔女様は、私の目をまっすぐに見つめてきます。

「いいかい。ここでの会話は、誰にも言わない。君とボクだけの秘密にする。約束するよ。ただ、ボクは事実を知りたいだけなんだ。だから……君の言う、ヒコーキ、とはなんだい。どういう機能を持つ物のことを言うんだ。言ってごらん」

「え、えと、その……」

「さあ、ほら」

逃げ出したい気分ですが、逃してくれそうにはありません。

もうこうなったら、仕方ありません。

毒を食らわば、皿まで。

なので、私は覚悟を決めると。小さな声で、こうつぶやいたのでした。

「……空を……飛ぶ、機械です。人を乗せて、鳥みたいに」

「……！　そうか！　やはり、君はこれを理解してるんだな！」

その瞬間の魔女様の顔は、本当に印象的でした。

暗い洞窟の中で、なにかとびきりの宝物を見つけたような……いいえ、なにもない荒野で、自分と同じ人間を見つけた時のような。

それは……そんな、笑顔だったのでございます。

「なぜわかった？　いや、待て、推理しよう。まず、推測1だ。君は、ボクと同じ、機械を作る才能を持っている人である。自分でも想像したことがあるから、設計図だとわかった。だが、それならなぜそれを隠そうとしたのか？　そして、なぜメイドをしているのか。このあたりがやや解釈に苦しむかな」

そう早口で言いながら、魔女様はじっと私の顔を見つめます。

そしておそらく、表情からそれが正解でないと読み取り、続けました。

「では、推測2だ。ずばり——君は、見たことがあるんだ。ヒコーキ、とやらの完成品を。だから、これがそこに向かうためのものだと理解できた。どうだ？」

当たりです。

そう、まさに大当たり。私は、前世で飛行機を何度も見ました。

だからいくつかの特徴で、これがその設計図だと理解できたのです。

私の表情が、正解だと物語っていたのでしょう。魔女様はにかっと満足げに笑い、ですが次の瞬間に、実に悔《くや》しそうな顔をなさいました。

「あー、そうか。他に、同じものを考えて、さらに完成させていた人がいたか！　悔しいなあ、ボクが世界で最初に空を飛ぶはずだったのに！　なあ、どこのどいつだい、ボクより先にこいつを完成させた天才は！」

違う。違うのです、魔女様。

心配しなくても、この世界で飛行機を作ろうとしている人間は、多分あなたが最初です。

だって……私が飛行機を見たのは、前世でのお話。

違う世界でのことなのですから。

「君、お願いがある。ボクは、ぜひその人とお会いしたい。そして、意見の交換なんかを行《おこ》なえたら凄く嬉しい。どうかそのヒコーキを完成させた人を、ボクに紹介してくれないか。頼む！」

「え、えっと、それは……」

その言葉に、私は困ってしまいました。

だって。そんな人、この世界にはいないのですから！

さて、ここはどう返事をするのが一番いいんだろう……今までのように、また嘘《うそ》をつく？

ですが、この人に、私の下手な嘘が通じるでしょうか。

（……もう、いっそ真実を語ってしまおうかしら）

つい、そんなことを考えてしまう私。それは、一種の賭けでした。

ですが、多分この人ならば、大事《おおごと》にはしない気がします。

信じなかったとしても、きっとただ失望して、私のことは忘れて、自分の研究に戻るだけではないでしょうか。

なら……言ってしまおう。もう、嘘をひねり出すのには疲れました。

真実を洗いざらい話して。それで、どう思うかは彼女に任せちゃおう！

「……わかりました。真実をお話しします。ただし、私の話は、とても荒唐無稽なものに聞こえると思います。それでも構いませんか？」

そう言うと、私の返事を辛抱強く待っていてくれた魔女様は、真面目な表情でうなずきました。

「良いとも。ぜひ、聞かせてくれ。君の話を」

「わかりました。それでは――」

そうして、私は生まれて初めて……そう、二度目に生まれて初めて。

アンにも、アガタにも、そして両親にも黙ってきた自分の秘密を、人に打ち明けたのでございます。

◆
◆
◆

「――と。こういうわけなのです。私が飛行機を知っているのは、前世の記憶があるから。そして、私はこの世でかつての味ともう一度巡り合うために、メイドとして奮闘しているわけでございます」

ひとしきり話し終え、私はそう締めくくりました。

私に前世の記憶があることも、前世の世界がここより遥《はる》かに進んだ世界であることも。

そして、私が前世での食べ物を再現するために頑張っていることも、全てお話ししました。

ああ、スッキリした！

王様の耳はロバの耳、と思いっきり古井戸に叫んだ気分です！

「……なんと。これは……なんというか」

私がすっきりしている一方、聞き終えた魔女様は、あまりのことに呆然《ぼうぜん》とした様子でしたが、やがてそうつぶやきます。

彼女は私の話に時折口を挟んで質問し、時には熱心にメモを取り。

とても真面目な様子で、最後まで聞いてくれたのでした。

「なんというか、そう……どう言えば、いいのか……」

じっとメモを見つめながら、口ごもる魔女様。

あー、やっぱり信じられないですよね。

まあ、それはそうでしょう。こんな突拍子もない話を聞かされて、スッと信じる方がどうかしています。

まあ、信じてもらえないのはしょうがないです。

この話はなかったことにして、気持ちを切り替えていこう！

……と、そう、思ったのですが。

しかし、次の瞬間。魔女様は、がばっと椅子の上で立ち上がると、大きな笑みを浮かべて、こう叫んだのでございます！

「ああ……これは、さいっこうだ！　なんて最高なんだ！　ああ、ボクの脳がビリビリ痺《しび》れるほど、とっても刺激的な話だった！　うおおおっ！　なんて、なんて凄いんだ異世界！　素晴らしいぞおおおおお！」

「えっ⁉」

あまりにも予想外の展開に、戸惑《とまど》う私。

ですがそんな私を置いてけぼりにして、魔女様は頰を紅潮させ、興奮した様子で続けます。

「ああ、何十人を同時に乗せて飛ぶヒコーキに、地上を高速で走り回るクルマやデンシャ！　世界中を繋《つな》ぐインターネット！　宇宙に、星に、宇宙船！　そして、それらのエネルギー源として使われる燃焼機関に、発電施設！　凄いぞ、天才すぎる！　天才だらけなのか、異世界！　す・ご・い・ぞー！」

「おっ、落ち着いてください魔女様！　椅子から落ちますよ！」

「これが落ち着いていられるものか！　こんな刺激、そうそうないぞ！　そうだ、この感動を歌にしよう！　ラララー！」

と、椅子の上でくるくる回りながら歌い始める魔女様。

しかしその時、その体から毛布がハラリと落ちて、そこで私は驚きの声を上げてしまいました。

「ちょっ、ちょっと⁉　魔女様！　なんで、毛布の下が裸なんですかぁ⁉」

「ん？　ああ、実は服をなくしてしまってね。この部屋のどこかにあるのは間違いないのだが。まあいいだろう？　毛布があるんだし」

「良くないです！　というか、自室で服をなくさないでください！」

と叫びながら、慌てて彼女に毛布を被《かぶ》せる私。ああ、これではっきりしました。

塔の魔女様。彼女は、とっても変わっていて、そして……とっても、とっても生活能力がない人なのでございます！

そう。誰かが、介護してあげなくちゃいけないぐらいに！

私は慌てて部屋中を引《ひ》っ掻《か》き回《まわ》し、用途のわからない道具たちの中から、どうにか彼女の服を見つけ出したのでした。

……なぜか、全部男物でしたが。

「ほら、しっかり着てください！　ちゃんと袖《そで》を通して！」

「やれやれ、面倒だなあ。服って、どうしてこう着るのが面倒なんだろう」

などとブツブツ言ってる彼女に、どうにか男物の服を着せ。

彼女の興奮が落ち着いてきたところで、改めて私たちは会話を再開したのでした。

「しかし、君のこの話は……あー、えっと。……失礼。そういえば、まだ君の名前を聞いてなかったたね」

少しバツが悪そうにおっしゃる魔女様。

どうやら、ようやく私を個体認識する必要性を感じていただけた様子。

なので、私はまっすぐに立ち、深々と頭を下げながら、今さらな自己紹介をしたのでした。

「私、新人……というには少々時間が経《た》ってしまいましたが、とにかくメイドのシャーリィにございます。よしなに」

「シャーリィか。素敵な名前だね。君に似合っている。ボクは、ジョシュア。塔の魔女、なんて呼ばれてるらしいが、正式には創造の魔女という名をいただいている。よろしく、シャーリィ」

塔の魔女様、もとい創造の魔女様は微笑んでそう答えてくださいました。

ですが、ジョシュア、という名前を聞いて私は少し驚いてしまいます。

（ジョシュアって、この国では男の人の名前、よね……？）

確かそうであったはずです。

女性につくこともあるのかしら、などと考えていると、ジョシュア様はニヤリと笑って説明してくれました。

「いやなに、ボクはもともと貧しい農家の生まれでね。父は、働き手になる男の子が欲しかったんだ。なのに、細っこい女の子、つまりボクが生まれたもんだから、父は意地になって男の名前をつけ、男として育てようとしたのさ。ボクにはどうでもいい話だけどね」

……それは、まあ……なんと言えばいいのやら。

まさか、子供にそんな理由で名前をつけるとは。ちょっとひどいなあ、とは思いましたが。

まあ、ジョシュア様が気にしていないならいいでしょう。

「では、ジョシュア様。どうぞよろしくお願いします」

「様、はいらないよ。ジョシュアでいい。あと敬語もいらない」

「わかりま……わかったわ、ジョシュア」

「うん、それでいい。君には、ボクの夢のために、これからたくさん前世の話をしてもらうことになるからね。堅苦しいのは抜きにしよう」

……え。

私的にはもう十分話したんですが、まだまだ話さなきゃいけない感じですか？

これって、もしかしなくても私がもっとも警戒していた、『前世のことを洗いざらい白状させられる』コースなのでは……。しくじった……。

「で、でもですね、本当に信じてくださるのですか？　こんな突拍子もない話を」

「信じるとも。いや、信じるというか。ボクにとっては、真実でも嘘でもどっちでもいいと言った方がいいかな」

ああ。ジョシュアが、また何か理解に苦しむことを言い出しました。

どういう意味です、と尋ねると、彼女は大仰なポーズとともに答えます。

「つまりだね、これが本当でも、君が思いついた嘘でも、どっちでもボクにとっては素晴らしいってことさ！　これはまさに、インスピレーションの塊だ！　これが全部君の作り話だとしたら、君は間違いなくボク以上の天才だよ。なにしろ、どれもこれも理に適《かな》っているんだからね。その発想に触れられただけで、ボクには十分すぎるってわけさ！」

「そ、そんなに凄かった？」

「ああ、凄いなんてもんじゃない！　燃焼機関、という発想はボクにもあった。だがまさか、それを雷の力を生み出すために使うなんて、まさに奇想天外だ！　世界中の誰がこんなこと、思いつくもんか！　しかも、その電気を、天の荒ぶる力を全ての庶民の家で利用できるよう、完全に制御するだって!?　これはもう神の技術だよ！　ああ、今君から聞いた話を全て消化するには、ボクの人生が十回以上は必要になるだろう。ちくしょう、人生が有限であることをこんなに悔しく思ったのは初めてだよ！」

……なるほど。

どうやら、私が話した科学のことだけで、彼女にとっては莫大《ばくだい》な価値があったということのようです。

そして、彼女は天才ゆえ、どこかでそれが再現可能だと理解できたのでしょう。

だから、真実でも作り話でもどっちでもいい、と。

実に研究をやっている人らしい考え方ですが、そこで私はふと考えてしまいました。

「あれ、でも冷蔵庫やコンロはジョシュアが作ってくれたのよね？　電気やガスなしで、あれらをどうやって動かしてるの？」

そう、確かあれらは魔女様の発明だったはずです。

そして、私は間抜けにも、その原理を今日まで考えたことがなかったのでした。

なので私が不思議そうにそう尋ねると、彼女は、ああ、とつぶやいてつまらなさそうに言いました。

「あれはね、ズルをしているんだよ。ボクは魔女だからね。力があるんだ。ボクの力はね、『保存』なんだよ」

「保存……？」

「そう、保存さ。冷気や熱気を、物の中に留めておけるんだ。たとえば冷蔵庫だが、アレの中には、少しばかり混ぜものをした氷が入っているんだ。氷の冷気なんてものは、本来はほんの数時間で失われてしまうものだが、ボクがそれにちょいと細工をすれば、長い期間、冷気を放ち続けるというわけさ。いつまでも、というわけにはいかないけどね」

なんと！　そういう構造だったんだ。

いつでも冷えてて凄いなー、便利だなーって思ってましたが、そんなオカルトチックな仕組みだったとは。

……ん？　あれ、ちょっと待ってください。

その特製の氷は、いつまでもは持たない。と、いうことは……。

「つまり、ボクが死んだ後に、あれらは使えないということさ。不便だろう、個人の能力に頼った道具なんてものはさ」

えー！　嘘でしょ、それは知らなかった！

じゃあ……じゃあ、彼女が栄養失調で死んだりしたら、キッチンから冷蔵庫やコンロが失われる……ってコト!?

とんでもないことです。それだけは阻止しないと！

彼女には、私より長生きしてもらわないと困ります！

こうして、私は固く誓ったのでした。

そう、必ず彼女をふっくらと健康的に太らせて、たっぷり長生きさせてやると！

などと私が一人で熱く盛り上がっていると、ジョシュアはまたメモを見つめ、満足そうにつぶやきました。

「しかし、凄い。本当に凄い。人生の目標が、いきなりフルコースで飛んできた。ぜひ作ってみたいものばかりだ。空を飛ぶというボクの夢にも、ぐっと近づいた気分だよ。ただ惜しむらくは、前世の君があまり興味なかったせいか、細かい仕組みまではわからない点だが……まあいい。そこは、ボクの頑張りで補おう」

と、本当に嬉しそうなジョシュア。そして私の方を向き、こう続けます。

「君には、情報への対価を支払わなくちゃいけないな。何か欲しいものはあるかい。君のためなら、ボクがなんでも作ってあげよう。作れるものなら、ね」

なんて、嬉しいことを言ってくれるジョシュア。

ああ、期待以上に、魔女様とのコネができました！

なので、私はここぞとばかりに、こんなおねだりをかましたのでございます。

「ええとね、ジョシュア。実は、私……欲しい、乗り物があるの！」

第三章 まあるく美味《おい》しい熱々粉もの

「いやっほー！」

ジョシュアと知り合ってから、しばらく経《た》ったころのこと。

エルドリアの、城下町。

そこを、ある乗り物にまたがって颯爽《さっそう》と行きながら、私は元気な声を上げたのでした。

「わー、風が気持ち良い！　どう、最高でしょうアン！」

と、私はギコギコと乗り物のペダルをこぎながら、後ろの座席に座っているアンに声をかけます。

すると、彼女はぎゅっと私のお腹《なか》を抱きしめながら、半泣きの声で叫びました。

「こっ、怖いわシャーリィ！　急に倒れたりしないでしょうね⁉　なんでこの仕組みで走れてるのか、私はまだ理解ができないわ！　ていうか、街の人たちが全員こっちを見ていて凄《すご》く恥ずかしい！　ああ、もう消えてしまいたいぐらいよ！」

なんてアンが言うので、ちらりと周囲に視線を向ける私。

すると、その二つの車輪を持つ乗り物、すなわち『自転車』で二人乗りをかましながら道を突き進む私たちへと、確かに皆様の視線が集まっておりました。

「あー、大丈夫大丈夫。みんな自転車が見慣れないから見てるだけよ。人の噂《うわさ》も七十五日よ、気にしちゃ駄目よアン」

「ウソ、七十五日もこの辱めを受けるの⁉　嫌よ、私もう嫌！　もう二度とこれには乗らないから！」

ぎゅっと抱きついてきながら、ギャーギャー文句を叫んでくるアン。

ああ、本当に可愛《かわい》いやつです。

でもせっかく作ってもらった自転車でこうして街に繰り出しているのだから、もっと楽しめばいいのに。

そう、今私がこいでいるこの木製の自転車は、ジョシュアが作ってくれたものなのでした。

私がつたない説明でその作りを説明すると、彼女はあっという間に構造を理解し、これを組み上げてくれたのでございます。

木製、と言ってもそれはボディの話で、チェーンやペダルなどはアントンさんに頼んで作ってもらった金属製。そしてタイヤは、ちゃんとゴム製でございます。

なんとジョシュアは、珍品として以前ゴムを研究したことがあったらしいのでした。

確か前世の世界では、ゴムチューブは比較的近代に作られていた気がしますが。

完成品を知る私と、魔女の力を持つジョシュアが組めば、これこのとおり。

石畳の上を、私たちを乗せた自転車は軽快に走り抜けてくれています。

もちろん前世の世界のハイレベルな物とは比べ物になりませんが、かなり凸凹している馬車道でも、ちゃんと走れています。

（とはいえ、まだまだ改良の余地はあるわね。木製のボディはギシギシ鳴って頼りないし、サスペンションがないから揺れがひどいわ。ペダルは重いし、スピードも出ない。でも……前世ぶりに乗る自転車、サイコー！）

なんて、ご機嫌に街をゆく私。

正直、前世ぶりの自転車をちゃんと乗りこなせるのか不安だったのですが。

試してみると、最初こそヨタヨタしたものの、すぐに乗りこなせるようになりました。

やはり、成功体験をすでに得ているということと、一度掴《つか》んだ感覚というのは体が変わっても失われないものなのかもしれません。

ただ、ジョシュアはそんな私を見て「信じられん……。設計を聞いた時は、こんなものを人間が乗りこなせるわけがないと思ったのに」と、呆然《ぼうぜん》とつぶやいていました。

その後「飛行機に動力としてこれを組み込むと良《い》いわよ。ジョシュアも練習しましょ」と言うと、うげえって顔してましたが……まあ、それはさておき。

こうして、無事自転車を手に入れた私が向かう先は、港にある市場です。

以前、メイドになる前は足繁《あししげ》く通っていた市場。

今日はそこで買い物をすべく、私は自転車を駆っているのでした。

王宮から港まではかなり距離があり、歩いて買い物に行くのはさすがに辛《つら》い。

ですが、自転車ならば、なんてことはありません！

「うふふ。久しぶりに自分の手で仕入れができるなんて、最高だわ！」

「でもシャーリィ、食材なら、いつでも最高級のものが勝手に入ってくるじゃない！　自分たちで行く必要がどこにあるというの⁉　メイド長に外出許可をもらうのも大変なのに！」

私が嬉《うれ》しそうに言うと、アンが後ろから不満そうに言ってきます。

そう、私たちメイドが王宮の外に出るには、いちいち許可がいるのでした。

鬼のメイド長に理由を伝え、許可を求めに行く気まずさといったら、もう。

ですが、今回はそれを我慢してでも、どうしても欲しい物があるのでした。

私は不敵な笑みを浮かべ、潮風《しおかぜ》を浴びながら、ガバッと立ちこぎして答えます。

「今日は、王宮に入ってこない食材が目的なのよ！　さあ、飛ばしていくわよアン！」

「えっ、ちょっ、待って、うわあああ————っ⁉」

そんな、メイド服で自転車の立ちこぎをかます私と、必死にしがみついているアンの姿を、全ての通行人の皆さんが驚きの表情で見つめていたのでした。

◆　◆　◆

「こんにちは、おじさん！　お久しぶりです！」

露店が立ち並ぶ海鮮市場にたどり着き、自転車を押しながら、私はとあるお店の前までやってきました。

そこは、いろんな種類の魚や貝がずらりと並んだ、魚屋さん。

すると、店長のおじさんが私に気づき、振り返ってニコリと微笑《ほほえ》んでくれました。

「おー、シャーリィちゃん！　久しぶりだねえ、君が王宮づとめになったって聞いて、おじさんびっくりして飛び上がったぜ！　よく生きてたなあ、ちゃんとやれてんのかい！」

「ええ、正直何回もクビが飛びそうになったけど、どうにかやってるわ。メイド長にはいつも睨《にら》まれてるけど！」

なんて軽口をたたき合い、アハハと笑い合う私たち。

すると、ペダルをこいでもいないのに、ぜえぜえと肩で息をしていたアンが口を挟みました。

「随分と仲が良いみたいね……。知り合いなの？」

「うん。ここは、他のお店では扱ってないような物も売ってくれるからね。便利でいつも利用していたの」

「シャーリィちゃんは、誰も食べないようなものを欲しがるからねえ。ほんと変わった子だよ、ガハハ！」

と、豪快に笑う店主さん。

ここは漁師さんの経営している店で、『網《あみ》にかかったものはとりあえず並べる』というスタンスです。

それがたとえ、売れないからと、漁師さんのほとんどがすぐに捨ててしまうようなものであっても。

「それで、今日はアレありますか？　手持ちはほとんど使っちゃって、新しいのが欲しいの」

「ああ、網にかかっちまったやつがあるが……いつも思うが、こんなもんどうするんだい。こんなの持ってくのは、君以外には貧乏暮らしのばーさんぐらいだぜ」

と、不思議そうに言いながら、おじさんは店の隅っこに捨てられたように置かれている物を持ってきてくれました。

それは、褐色でびろびろの、ねっとりとしていて海に生《は》えているアレ……つまり、昆布でございます。

「シャーリィ、なにそれ？　海藻じゃないの。そんなものどうするの？」

「なにって、食べるのよ。決まってるじゃない」

アンにそう答えながら、昆布の状態が良いのを確認して、ニンマリと笑みを浮かべる私。

しかしそんな私の後ろで、アンが「えっ、嘘《うそ》でしょ⁉」と驚きの声を上げました。

その反応は、まあ、普通と言えるでしょう。そう、この国の人は、まず昆布は食べません。

昆布のことを完全に、海に生えてる変なものとしか思ってなくて、食べるなんて発想が湧いてこないようです。

(ほんと勿体《もったい》ないわね。こんなに良い昆布なのに)

エルドリア近海の、ミネラルたっぷりの海で育った昆布。

それには、これでもかとうま味が詰まっていて、しっかり乾燥させて料理に使うと、最高の出汁《だし》が出るのです。

今嫌そうな顔で昆布を見ているアンだって、これを使った料理を、何度も美味《おい》しい美味しいと食べていたのでした。

知らぬが仏、というやつです。

「よし、これで今日の目的の半分は達成したわ。後は……」

昆布と一緒に買った、とある魚も買い物かごへと大事にしまって、私はさらにキョロキョロとお店の中を見回します。

すると、店の奥の方で、店員さんが話しているのが聞こえてきました。

「うえっ、こいつまた網にかかったのかよ。ああ、うねうねしてて、気持ちわりいなあ」

「『悪魔の魚』なんて呼ばれて気味悪がられてるのに、なんでこんなもんまで持ってくるかね。とっとと海に捨てりゃいいのによお。船長の、勿体ない精神にも困ったもんだ」

あっ、これはもしや。

ピンときた私は、店内をずんずんと歩いていき、店員さんたちが見ていた生《い》け簀《す》を覗《のぞ》き込《こ》みました。

すると、そこには予想どおり、うねうねとうごめくあいつの姿が。

触って確認したところ、状態も実に良し。

ウンウンと一人でうなずいている私に、背後からアンが恐怖の籠《こ》もった声で尋ねてきます。

「しゃ、シャーリィ⁉　あ、あなた……なにしてるの⁉　それをどうするつもりなの！　ま、まさか……」

「どうって……決まってるじゃない。もちろん」

そして、私は振り返り。

にゃーっと微笑みながら、こう答えたのでした。

「おやつの材料に使うのよ。当たり前でしょう、私たちはおやつメイドなんだもの」

◆◆◆

「これより、おぼっちゃまのおやつタイムを始めます」

「よろしくお願いします、おぼっちゃま！」

メイド長の号令がかかり、メイド一同が一斉にお辞儀し声を上げます。

もちろん私たち五班も、どこにも負けないほど声をはりあげ、びしりと頭を下げますが、そこで皆様の視線がこちらを向いていることに気づきました。

そう、メイド長とおぼっちゃまは訝《いぶか》しげな、そしてメイドの皆は理解できないというような視線を、じっとこちらに向けているのでございます。

「……シャーリィ。おまえはまた、そこで何をしているのですか」

こいつ、またなにか意味のわからないことを始めたな……とでも言いたげな視線とともに、メイド長が私に尋ねてきます。

なので、私はそれに元気な声でお答えしたのでした。

「はい、メイド長！　こちら、おぼっちゃまのおやつを焼いております！」

そう、私たちは今なお、おぼっちゃまのおやつを調理中。

テーブルの上に、ボコボコと丸い凹《へこ》みがたくさんついた鉄板を置き、とある粉ものをじゅうじゅうと焼き上げているところなのでした。

「それはわかっています。なぜ、今作っているのかと聞いているのです。前も言いましたが、調理は先に済ませておくのが決まりでしょう」

「はい、メイド長！　それは重々承知しておりますが、しかしこのおやつは、出来たてが命なのでございます！　作り置きでは魅力を十分にお伝えできぬと考え、この手法を使わせていただいております！」

そう、このおやつは出来たてホカホカでなくてはいけません。

時間を置いてしまうと、最高のパフォーマンスを発揮できないのです。

ですからどうかお許しください、と私が懇願《こんがん》すると、メイド長は伺《うかが》いを立てるようにおぼっちゃまの方を向き直りました。

「余は、良いと思う」

すると、おぼっちゃまは可愛いお腹をクーと鳴らしながら、そうおっしゃいました。

特注の鉄板で粉ものが焼き上がる匂いは、おぼっちゃまの胃袋をたいそう刺激しているご様子。

よしよし、食べたことがない人でも、この匂いは美味しそうに思えるようで安心しました！

私は上機嫌で、手に持った千枚通し（これも特注品です）を使い、焼き上がっていく丸いものをクルンクルンと回しまくります。

さっきも言ったとおり、このおやつは、冷めてしまったらもう台無し。

ですが、たくさん召し上がるおぼっちゃまのために、量も出し続けなければいけません。

なので、第一陣を作りたてで出し、食べていただいているうちに、どんどん次を作って温かい状態で提供する作戦を選んだのでございます。

実践するのはなかなか難しいことですが、やるしかありません。

だって、このおやつのために、わざわざ仕入れに行ったのです。

今回の私は、いつにもまして気合い十分！

必ずおぼっちゃまを、この私が大好きなおやつの虜《とりこ》にしてみせる。

大好きなものを、完璧な形でお伝えする意欲。それに、私の心は燃え上がっているのでした！

「頑張りましょう、アン。おぼっちゃまが食べ始められたら、一気に忙しくなるわよ！」

隣で、私と同じように一生懸命調理しているアンに、そう声をかけます。

しかし彼女は、どことなく暗い表情で答えたのでした。

「え、ええ。そうね、シャーリィ」

「……？　どうしたの、アン。調子でも悪いの？」

「う、ううん。そうじゃ、ないんだけど……」

心配して尋ねますが、アンは歯切れの悪い返事をしてきます。

大丈夫かな、と思っていると、そこでアンは私の方を見つめ、不安そうな声で言ったのでした。

「ね、ねえシャーリィ。今日のおやつって……」

ですが、そこでメイド長の声がかかりました。

「五班。お出ししなさい」

「あっ、はい！　ただいま！　……アン、話の続きは後でね！」

私たちの出番が回ってきて、慌ててアンにそう言う私。

そして私は、まーるく綺麗《きれい》に焼き上がったそれをいくつもお皿の上に載せ、特製の調味料をハケで塗りたくり。

さらに、上に茶色と緑のアレをふりかけ、完成！

そのまま上機嫌でおぼっちゃまの元へと駆け寄り、私は満面の笑みでそのおやつをご紹介したのでした。

そう、もうおわかりですね？

茶色くて丸い、みんな大好きな粉ものといえば、そう。

「お待たせしました、おぼっちゃま！　今日のおやつは、たこ焼きにございます！」

◆　◆　◆

「……タコ、ヤキ……？」

ホカホカと湯気をたてている、見慣れない外見をしたそれを見つめながら、不思議そうにおっしゃるおぼっちゃま。

まぁるく綺麗に焼き上がったそれを、興味深そうにいろんな角度から見ながら、おぼっちゃまは疑問を口になさいます。

「また、お主はなんとも奇妙な物を出してきたな、シャーリィ……。これ、上で何かが動いているように見えるのだが、まさか生きておるわけではない、よな？　なんなのだこれは」

そのお言葉には、少しばかりの恐怖が籠もっておりました。

そういえば、たこ焼きの上でゆらゆら揺れるそれを、海外の人は不気味がるなんてことを、前世で耳にしたことがあるような。

なので、私は誤解を解くべく、こう答えたのでございました。

「おぼっちゃま、そちらはカツオブシでございます！　非常に薄くスライスしておりますので、たこ焼きから立ち上る湯気で揺れているだけです。ご安心くださいませ！」

カツオブシ。

その名のとおり、魚の一種であるカツオから作られた食品にございます。

そう、あまりに恋しかったので、私は自分で作っちゃったのでした。カツオブシを。

カツオブシの作り方は、至ってシンプル。

カツオの身をしっかり茹《ゆ》でた後に、燻製《くんせい》し、一日寝かせる。

そしてさらに燻製してまた寝かせる、という工程を何日も何日も繰り返していくだけです。

そうすると、カツオの身は中心までしっかりと乾燥し、カッチカチのカツオブシへと変貌《へんぼう》するのでした。

ですが、だけです、とは言いましたが、毎日毎日この工程を繰り返すのはかなりの手間。

それに、処理の仕方が雑だと味が悪かったり、傷んでしまったりと、これがなかなか楽ではありません。

さらに私の知識も半端でしたので、その研究と再現には結構な年月を必要としました。

ですが、苦労の甲斐《かい》あって、今や私は、十分に美味しいカツオブシを作れるようになったのでございます！

……なお、カツオブシには種類があり、これは荒節と呼ばれる段階なんだとか。

最高級品は本枯れ節と言い、さらにカビをつけて作るらしいのですが……残念ながら私は、その製法を詳しく知りませんでした。

それに、作るには専用の施設が必要だとか聞いたような気がしますし。今生《こんじょう》で再現するのは、さすがに難しいかもしれません。残念ですが。

まあ、それは後世の誰かにお任せするとしましょう。

私的に、そこまでしなくとも、今のカツオブシで十分美味しいのでございます。

「カツオブシ……何でできておる？」

「元は魚の身でございます、おぼっちゃま」

「魚だと？　これがか。なんとも……信じられぬ。とても魚には見えぬぞ」

カツオブシをしげしげと見ながら、驚いた声を上げるおぼっちゃま。

それはそうでございましょう。私も子供の時は、カツオブシが魚からできているなんて考えもしなかったですから。

ちなみに、カツオブシを薄くスライスするのには、またもやアントンさんにお願いして作ってもらった削り器を使用しております。

ここぞとばかりにヘビーローテーションで仕事を頼みにいく私に、さすがの聖人アントンさんも、近頃は笑顔がひきつってきていたのですが。

いつものお礼ですとお食事を作って持っていくと、いたく喜んでくださったのでした。

いやあ、僕は独身だから凄く助かります、独身だから！　と、妙に独身を強調なさるアントンさんは、私の作ったあれこれを、美味しい美味しいと食べてくださったのでした。

まあ、お一人だと毎日の食事も手間でしょうしね。

ジョシュアに作るご飯のついでですし、大した手間でもありません。

「ふむ……かかっておるソースも真っ黒で奇妙だし、なにか緑色のものもかかっておるような。なんとも、あまりにも見慣れぬ奇妙なおやつだ。だが……」

そして、クンクンと鼻を鳴らし。たこ焼きの匂いをたっぷりと嗅いでから、おぼっちゃまはおっしゃったのでした。

「なんとも、美味しそうな匂いだ……！　我慢できぬ！　シャーリィ、これはどうやって食べればよい？」

「はい、おぼっちゃま。お手元の串で、ブスッと刺してお食べください！　ただし、中はまだお熱いのでお気をつけくださいね」

私がそう言うと、おぼっちゃまは私が用意した木の串を手に取り、「わかった」と言ってたこ焼きの一つを刺しました。

そしてそのまま、恐る恐る口元に運ぶおぼっちゃま。

中はまだ熱いとはいえ、話している間に時間も経ちました。

気をつけて食べれば、熱さに驚くということはないはずです。

私は、おぼっちゃまの反応をドキドキしながら待ちます。

……ですが。

ですが、おぼっちゃまのお口が、たこ焼きを頬張ろうとした、その時。

メイド長が、急にこんなことを言い出したのでした。

「お待ちください、おぼっちゃま。……シャーリィ。一応確認しておきますが……その、タコヤキ、とやら。中には何か入っているのですか？」

……えっ？

……なんで？

なんで、メイド長は急にそんなことを聞いてきたのでしょう。

「メイド長、どうしてそのようなことを……？　いつも、そのようなこと、お聞きにならないのに」

「いえ、そういえば少し前に、おまえが買い出しに行くと外出許可を求めてきたのを思い出したものですから。特に今日のものは、奇妙すぎるおやつ。変なものを入れていないか、一応確認させてもらいます」

「…………」

……あれ、これ、もしかしてヤバいやつですか？

いえ、もちろんたこ焼きに変なものなんて入れていません。

入れていませんが、その『変なものではない』という感想は、あくまで私のもの。

中に入っている『アイツ』を見て、メイド長がどういう感想を抱くかは、別の話なのでございます！

すると、私がそう動揺しているのを見て、メイド長はますます疑惑の表情を浮かべ。

そして、後ろに控えているアンの方を向いて、こう言ったのでした。

「アン。そこに先ほど放り込んでいた、食材があるのでしょう。少し、見せてみなさい」

「えっ⁉　あっ、えっ、そのっ……！」

わたわたと手をばたつかせて、焦《あせ》った様子のアン。

どうにかごまかそうとしてくれていますが、メイド長に「早くしなさい」と威圧されると、ヒッと悲鳴を上げ、ついにはテーブルの下に隠していた食材に手を伸ばしたのでした。

「えっ、えと、そのぉ……。タコ、ヤキには……その……。こちらが、入っており、マス……」

言いつつ、そおーっと食材を差し出すアン。

すると、それ……つまり、真《ま》っ赤《か》に茹《ゆ》で上《あ》がったタコを見た瞬間。

メイドのみんなが、一斉に悲鳴を上げたのでした。

「……きゃあああああああ――――――――！！！」

そう。もちろんたこ焼きには、タコが入っているもの。

私は市場でタコを仕入れ、美味しく茹で上げたそれを、たこ焼きの中に入れていたのでした。

ですが、タコの、ぶるんぶるんした真っ赤な体。

そして、たくさんのつぶつぶがついた足を、くるんと巻き上げたその姿。

それは、メイドの皆にとって、とてつもない不気味さだったようでございます。

「ひっ、ひいっ、なんなのアレ⁉　化け物⁉　化け物なの⁉」

「しっ、知ってるわ、私っ……。あれ、悪魔の魚よ！　グニョグニョした体で、あの足で魚を捕まえて食べる海の化け物！」

「ウソでしょ、なんてものを王宮に持ち込むの！　信じられない！」

口々に最悪の評価を口にする皆様。中には、放心状態でへたり込むお姉さままでいました。

そして、ヤバいよヤバいよとダラダラ汗を流している私に、鬼の形相《ぎょうそう》のメイド長が言ったのでした。

「シャーリィ。あれはなんですか」

「…………わっ……。私が、自分で仕入れてきました、タコ、という海の幸にございます……」

「……あれが、あの不気味な生き物が。この丸い食べ物の中に入っている、と？」

「……は、はい……」

消え入るような声でそう答えると。メイド長はしばし黙り込み、やがて串を手にしました。

そして、おぼっちゃまに「失礼いたします」と断りを入れた後、たこ焼きを一つ割り開きます。

すると……その中から、まんまとタコの足が姿を現したのでございました。

「ひいっ、本当に出てきた……！」

「きっ、気持ち悪い！　食べ物の中にあんなものを隠すなんて何を考えてるの⁉」

「ついに本性を現したわねゲテモノ女！　私は、いつかやると思ってたわ！」

などと、メイドの皆様はやいのやいのと言いたい放題。

あちこちから攻撃されて、まるで火刑にかけられる魔女の気分です！

ああ、しまった……どうやら私は、致命的な失敗をしてしまったようです。

ですが、一つだけ言いたい。

皆さんなんのかんの言ってますが、でも……でも……。

(でも……皆さん、イカは食べますよねえ⁉)

そう、この国の人たち、イカは喜んで食べるのです。

スープに入れたり、輪切りにしたものを焼いたりして。

そして、私は言いたい。

タコとイカって、ほとんど同じじゃないですか⁉

なんで⁉　なんで、タコにだけそんなに拒否反応を示すんですか⁉

赤いから⁉　頭がぐにゃぐにゃだから⁉

でも、どっちもスミを吐くし、吸盤のついた足をたくさん持ってるじゃないですか！

ああ、理解できない……私には、到底理解できません！

などと私が胸中で叫んでいると、メイド長はすっとこちらを向き、恐ろしく冷たい声で言ったのでした。

「シャーリィ。おまえは、このようなものを、黙っておぼっちゃまに食べさせるつもりだったのですか」

まずい。まずい。メイド長、完全に怒ってる……！

良かれと思って出したたこ焼きで、よもやこれほどの窮地に追い込まれるとは……！

「おまえが自分で仕入れに行きたいと言った時に気づくべきでした。おぼっちゃまにお出しするおやつを、なんと心得ているのか。王子であるおぼっちゃまには、相応《ふさわ》しい食材というものがあります。わかっているのですか」

「は、はい……」

「いいえ、おまえはわかっていない。大体、おまえは……」

「待て、クレア」

ねちねちと私を責めるメイド長。

ですが、なおも続きそうなメイド長の言葉を、そこでおぼっちゃまが遮《さえぎ》りました。

そして、おぼっちゃまはたこ焼きとタコを交互に見つめて、少し困った表情でおっしゃったのです。

「うむ……まあ、確かに、不気味な魚……魚、か？　あれは。まあよい、とにかくタコと申したか。奇妙かつ、普通は食べないものであることは、余にもわかった。その上で、聞くが。シャーリィよ。お主は、なぜアレをおやつに出そうと思った？」

「え、えと。それは、その……」

「遠慮するな。思ったとおり、申せ」

じっとこちらを見つめる、おぼっちゃまの青く深い瞳。

怒っているのではなく、ただ純粋に、答えを求めてらっしゃるようです。

ですので、私は意を決し、ただ事実のみをお伝えしたのでした。

「……美味しいから、でございます」

その言葉に、周囲から「ええ……」というドン引きの声が上がりました。

そう、たこ焼きを出そうと思ったのは、全てはそれが美味しいから。

そして、その中身となるタコも間違いなく美味しいからなのです。

さしみに煮物、酢の物に唐揚げ、そしてたこ焼き。

タコを使った料理はいずれも絶品で、この美味しさを知らないなんて勿体ないにもほどがある！

だから、私は。ただただ純粋に、そのことをお伝えしたかっただけなのです。

こんな美味しいものがありますよ、凄く美味しいですよ、と。

おぼっちゃまと、自分が大好きな美味しいものを共有したかったのでございます！

「……なるほど。美味しいから、か」

「はい、おぼっちゃま……。私は、このタコを使った料理が大好き。とりわけ、このたこ焼きは最高に美味しいと自負しております。ですが申し訳ありません、私の独りよがりだったようでございます。このたびは、とんでもない粗相《そそう》をしてしまいました……。どのような処分も謹んで受けさせていただきます。こちらはすぐにお下げして……」

シュンとして言いつつ、私はたこ焼きの皿を下げようとしました。

ですが。

そんな私の手を、おぼっちゃまが、突如として掴んだのでございます。

「おっ……おぼっちゃま？」

「待たぬか、シャーリィ。誰が、下げてよいと言った？　余は食べぬなどと申しておらぬぞ」

「おぼっちゃま⁉」

その言葉に、珍しくメイド長が驚きの声を上げます。

とんでもないとばかりのメイド長。ですがおぼっちゃまは、平然とおっしゃいました。

「別に毒があるわけでもあるまい。そもそもだ、不気味だなんだと言うが、食料というものは、他に不気味なものがいくらでもあるではないか。それとも、動物の肉やキノコが不気味ではないと申すのか？」

「っ……！」

おぼっちゃまのその言葉に、私は心がぱあっと晴れるのを感じました。

そう、そうですおぼっちゃま！

世の中には、他にも不気味だけど、美味しいものがたくさんありますよね！

それを美味しそうだと思うのは、ただそれをみんなが口にして、美味しいと知っているから。

ただそれだけの違いなのでございます！

「おぼっちゃま、ですが……」

「クレアよ。これまでさんざん余を楽しませたシャーリィが、こう言っておるのだ。悪いもののわけがあるまい。余は食すぞ。それに、だ」

言いつつ、おぼっちゃまは串でたこ焼きを一つ取り上げ、じっと見つめて。

「シャーリィが美味しいと言うものを、食べ逃してしまっては。余は、味が気になって、仕事に戻れぬ」

それを、ポイッと、お口の中に放り込んだのでございます。

「っ……」

周囲から、音のない悲鳴が上がりました。

おぼっちゃまがもにゅもにゅとたこ焼きを食す姿を、固唾を呑《の》んで見守る一同。

私も気が気ではありません。

もし、お口に合わなかった時は、私は騒ぎを起こした上に不味《まず》いものを出してしまった、とんでもない駄目メイドです。

その時は、クビもやむなし。

祈るように審判の時を待つ私。

そして、たこ焼きをたっぷりと味わった後……おぼっちゃまは、目を見開き。

こう、おっしゃったのでございました。

「……美味しい！　なんだこれは、信じられないぐらい美味しいぞ！」

（……よっしゃあっっっっ！！！）

その反応に、思わず心の中でガッツポーズをしてしまう私。

やった、やりました！　逆転勝利！

逆転サヨナラ満塁ホームラン！

私シャーリィ、ダイヤモンドから虹のアーチを描ききりましたわ！

「この丸い生地《きじ》の部分は……小麦粉か？　モチモチしつつも、よく焼けていて、まずここが美味しい。外はカリカリ、中はトロトロで、噛《か》むほどに複雑な味わいが次々と押し寄せてくる！　ああ、なんと美味しいのだ！」

二個、三個と口に放り込みながら、驚きの声を上げ続けるおぼっちゃま。

生地は、小麦粉がメインですが、それだけではありません。

それに、出汁、塩や卵などを加えた、特製のたこ焼き粉を使用しております。

本来は醬油《しょうゆ》も少量加えるのですが、今は大豆がないので、それは作れず。

なので今回は、魚から作ったお醬油。私特製の『魚醬《ぎょしょう》』で代用しました。

魚醬とは、魚を塩漬けにして長時間熟成させたもの。

これがなかなかうま味が深く、いろんな食べ物に合うのでございます。

前世の世界では、ナンプラーなどが有名だったでしょうか。

そして、今日のは水分を多めにした、トロトロタイプのたこ焼き。

外はカリカリ、中はトロトロを再現するのは本当に骨の折れる作業でした。

ですが、それだけの苦労をした甲斐はあった様子。

私が大好きな、縁日の屋台や駅前のたこ焼き屋のトロトロたこ焼き。

それを、無事この世界に生み出せたようです！

「この、上にかかっておる黒いソースも実に美味だ。余は、大好きだ！　シャーリィ、これはまたお主が作ったものか？」

「はい、おぼっちゃま！　そちら、ウスターソースと申します！」

ウスターソース。みんな大好きな、あの真っ黒なにくいやつ。

お店に行けば棚いっぱいに種類が並び、揚げ物や粉もの、いろんな物にかけて皆様が日々楽しんでいる素敵なアレ。

ですが、その原材料と作り方まで知っている人は、意外と少ないのではないでしょうか。

あの真っ黒なソース。実はあれは、いくつもの野菜や果物と、香辛料を煮込んで作られたものなのでございます。

タマネギ、トマトにリンゴやニンニク。

シナモン、クミンやナツメグ、さらにローリエなどなど。

それこそ無数の食材を煮込み、砂糖や塩、お酢などを加え、煮込んで煮込んで、煮詰めたものがウスターソースの正体なのでした。

今はない材料も多かったので、代用品も使い長年研究して完成させた、私特製のウスターソース。

そんなソースは、甘さと辛さのバランスがちょうどいい、最高の味に仕上がっております。

「うむ、ウスターソースと申すか。余は、これが大好きだ！　お主の作るソースは、本当に魔法のように美味しいな。……だが、それだけではなく、このうねうね動いているカツオブシとやらと、緑色のものも味を構成しておるようだ」

じっとたこ焼きの頭頂部を見つめながら、そうおっしゃるおぼっちゃま。

そう、まさにそのとおり、さすがわかってらっしゃる！

削ったばかりの、風味豊かなカツオブシと一緒に降り掛かっている緑色のもの。それは、青のりなのでした。

カツオのうま味が凝縮されたカツオブシと、海苔《のり》の旨《うま》さが引き立った青のり。

小さいながらパワフルな味わいを発揮してくれる彼らは、たこ焼きには欠かせません！

……なお、青のりは私が海岸で拾ってきた海苔から作ったものですが……ここは、黙っておきますね！

「そして……そしてだ。それらが美味しさを発揮する中で、中に確かな触感がある。柔《やわ》らかいようで歯ごたえがあり、噛めば噛むほど味わい深い。これか。これが……タコとやらの味か」

あむあむとたこ焼きを噛みしめ、しっかりとタコを味わうぼっちゃま。

そして、うっとりとした顔でおっしゃいます。

「中に、これを入れておる意味がわかった。食感と味わいのために、これは是が非でも必要な食材なのだな。なにが、悪魔だ……こやつは、天使のように美味しいぞ」

ニッコリと微笑み、おぼっちゃまはそう言ってくださったのでした。

ああ……おぼっちゃま。天使だというのなら、あなたこそがそうですわ。

あなたは、私の、天使様。

「これは、たまらぬ。もっと食べねば気が済まぬ。シャーリィ、次を持て！」

「はいっ、ただいま！」

呆然と見ている周囲をよそに、慌てて次の皿をお出しする私。この機を逃してはなりません。

そもそも、あれこれ話しているうちにたこ焼きはやや冷めてしまっていました。

たこやきは、口に入れても熱すぎない程度の温かさが一番美味しい。

どんどん出して、美味しい状態で食べてもらわねば！

それに、たこ焼きは焼くのに時間がかかります。

どんどん焼いて次を出して、どんどん、食べ、て……。

そこまで考えたところで、はた、と私は手を止めてしまいました。

そう、たこ焼きは回転が悪いのでどんどん焼かなくてはいけません。

ですが、私はずっとここにいます。

そして、もう一人、どんどん焼く担当のアンは、その……。

恐ろしく思いつつも、そっと後ろを振り返る私。

すると……そこには、まだタコを掴んだまま、呆然と立ち尽くすアンの姿が。

そして、私が見ているのに気づくと。彼女は、青い顔をしてブンブンと首を振ります。

そして、その前には……からっぽの、たこ焼き器が。

（……しまったああああああああ！）

まずい。まずいです。次がっ……次が、焼けていない！

たこ焼きの第一陣は、果敢におぼっちゃまへと挑んでいますが、圧倒的食欲を持つおぼっちゃまに敵《かな》うわけもなく、もはや全滅寸前。

「うむ、美味《うま》い！　次を持て、シャーリィ！」

訂正します。今全滅しました。

たこ焼き将軍も、たこ焼き足軽も全員討ち死にしました。立派な最期《さいご》でした。

（まずいっ……せっかく盛り返したのに、これではおぼっちゃまに満足していただけない！）

目がぐるぐる回って、意識が飛びそうになります。

そんな、そんなっ……ここまで頑張ってきたのに！

おぼっちゃまに、最高のたこ焼きを。そのために、たこ焼きの生地も、ウスターソースも、カツオブシも青のりも、ずっと、ずっと頑張って作ってきたのに！

「……どうした、シャーリィ？　次はないのか？」

「えっ、えっとっ……そ、それはっ……！」

アンは慌てて焼き始めていますが、今から間に合うわけがありません。

焼き上がるまで、十分以上はかかる。

おぼっちゃまをそんなに待たせられるわけがありません。

手を……手を、打たないと。何か、時間を稼《かせ》がないと。

考えろ、考えるのよシャーリィ。

なにかあるはず。この場を乗りきる、良い手を……！

（っ……そうだわ！　この手があった！）

その時。

追い込まれた私の『とても賢いおつむ』に電撃が走り、神の一手を生み出したのでした。

こうなったら、やるしかない。

私は精一杯の笑顔をおぼっちゃまに向けると、成層圏から飛び降りる覚悟でこう言ったのでした。

「おぼっちゃま！　ここからは、趣向を変えてお楽しみいただきたく思います！」

「ほう？　変える、とはどのように変えるのだ？」

「はい。実はこのたこ焼き、自分の好みで作ると、格段に、それはもう格段に美味しくなるのでございます！　ぜひ、私と一緒に試してみてはくださいませんか、おぼっちゃま！」

「……シャーリィ！　おまえ、何を言って……！」

たまらずメイド長が口を挟んできますが、もう後には引けません。

私はそれを聞こえないふりで、たこ焼き器の元まで戻ると、むんずとその一つを持ち上げ。

おぼっちゃまの前にそっと置いて、こう言ったのでした。

「そう。どこかの国では、皆でたこ焼きを作るパーティがあるそうですわ。すなわち……たこパにございます！」

◆　◆　◆

私がおぼっちゃまの前にたこ焼き器を置いたとたん、またメイドの皆がざわめきました。

「う、嘘でしょ……」

「しょ、正気とは思えないわ……おぼっちゃまに、調理していただくつもり……？」

「さ、さすがにもうかばえないわよ、シャーリィ……」

その顔は、いずれも真っ青《まさお》。

それはそうでしょう。

言うに事欠いて、おぼっちゃまに調理をさせようなんて、言語道断もいいところです。

自分でも、顔がひきつっているのがわかります。

でも、もう止まれないのです。行くと決めたら、最後までやりきるしかない！

「……余自らが、調理するというのか？　タコヤキとやらを？」

さすがのおぼっちゃまも、信じられぬといったご様子。

ですので、慌てて私はこう付け足したのでした。

「も、もちろん、基本的には私が作りますわ！　ですが、目の前で出来上がっていくのを見るというのも楽しいものです、おぼっちゃま！　なんでもずっと東の砂漠の王族は、料理人に目の前で調理させるのが大好きだとかなんとか、行商人が言っていたような言ってなかったような。つまり他国では、料理が出来上がるまでの過程も料理の一部として扱うらしいのですっ！」

などと、あることないことまくしたてる私。

もちろんそんな王族の話なんて、聞いたこともありません。

ですが、できる過程を楽しむというのは、現代日本でも実際にあることでした。

鉄板を前に、ステーキやお好み焼きができあがるのを待つ時間は、それはそれは楽しいものでございます。

……まあ私の場合は、いつもよだれをダラダラ垂《た》らしながら「早くできてー早く食べさせてー」と願っていたものですが。

とにもかくにも、この場は勢いでごまかすしかない。と、冷や汗をにじませながら考えていると、おぼっちゃまはこうおっしゃってくださったのです。

「なるほどな。世界には、そのような考え方もあるのか。新鮮で、面白い！　良いぞ、試してみようではないか！」

と、子供らしい笑顔のおぼっちゃま。やった、やりました！　なんとかゴリ押せました！

ならば、素早く焼き始めなければ。

ジョシュアに作ってもらった特製の卓上コンロに火をつけ、温まったたこ焼き器に、どんどん生地を流し込んでいく私。

生地がぱっと全面に広がると、それを見て、不思議そうにおぼっちゃまがおっしゃいました。

「シャーリィ、生地が丸みからはみ出しておるぞ。これでよいのか？」

「はい、おぼっちゃま。今はこれでよろしいのでございます。まずはこの状態で焼き、中に具材を詰めてまいります！」

言いつつ、生地にねぎ、てんかすなどを手早く入れていく私。

それをじっと見つつ、おぼっちゃまが驚いたようにおっしゃいました。

「なんと。中には、これほどたくさんの具材が入っておったのか」

「はい、おぼっちゃま。味が単純にならないように、いろんなものを入れるのが、たこ焼きの美味しさの秘訣《ひけつ》ですわ！」

さらにタコの切り身が投入される様子を、興味深げに見ているおぼっちゃま。

おぼっちゃまが厨房《ちゅうぼう》に入ることなどまずないでしょうし、もしかしたら調理しているところを見るのは初めてなのかもしれません。

そして生地がある程度焼けてきたところで、私はぴろんと一枚のように広がっていた生地を、千枚通しで切り分けていきます。

さらに飛び出した部分を、丸みの中に全て押し込み、焼き具合を確認し、えいやっと回すと。

ぽろん、と丸く焼けた半面が飛び出してきて、おぼっちゃまがまた驚きの声を上げました。

「おおっ、形ができておる。なるほど、こうやって作っておるのか！」

そのまま次々と丸みが飛び出してくる様を、楽しそうに見ているおぼっちゃま。

やがて、ウズウズした様子でおっしゃいます。

「おい、シャーリィよ。そのくるくると回すのは楽しそうだな。余もやってみたいぞ」

「……お、おぼっちゃま。王子様ともあろうものが、そのような……」

「クレアよ、細かいことを申すな。余は、今とても楽しんでおるのだ。おやつの時間は余の時間である。つまり、好きにしてよいのだ。どれ、シャーリィ、それを貸すのだ」

控えめにいさめようとするメイド長を一蹴し、千枚通しを手にするおぼっちゃま。

そして、ワクワクした表情で「確かこうしておったな」なんてつぶやきながら、たこ焼きに千枚通しを刺し、ひらりと手首を動かします。

すると、くるんと見事にたこ焼きがひっくり返り。そして私の後方から、歓声が上がりました。

「凄いっ、おぼっちゃま！　たった一回で、そんなに綺麗にひっくり返るなんて！　私、できるようになるまでだいぶかかりました！　さすがでございますわ！」

それは、アンの声でした。

向こうで、青い顔をして必死にたこ焼きを焼いていたアンが、せめてもの援護射撃とばかりに声を上げてくれたのです。

そしてそれを聞いたメイドの皆が、ハッとした様子でそれに続いてくれました。

「さっ、さすがおぼっちゃま！　お上手にございます！」

「なんて軽やかな手さばき！　素敵です！」

「おぼっちゃまは、本当になんでもできるのでございますね！」

なんて、おぼっちゃまをひたすら褒《ほ》めちぎるメイド一同。

すると、いくらおぼっちゃまが聡明《そうめい》な神童とはいえ、そこは男の子ですから。

ここまで褒められると、悪い気もしないようで、ふふんとお笑いになりました。

「うむ、これは実に気持ちがいいな！　うまく形を保ったまま顔を出してくると、なかなかに快感だ。それに、なんだか妙に美味しそうに見えるぞ！」

言いながら、次から次へとたこ焼きをひっくり返していくおぼっちゃま。

いや、本当に驚きました。初めてとは思えないほど見事な手さばき！

見様見真似《みようみまね》でこれとは。本当に、おぼっちゃまは凄い！

「シャーリィよ。全部ひっくり返ったが、これはあと、どれぐらい焼くものなのだ？」

「はい、おぼっちゃま。実はそこがキモなのでございます。たこ焼きは、この後幾度か回しながら焼く時間で、かなり味わいが変わってまいります」

せっかちな人は、丸みがついた段階で取り上げてしまいますが、それだとお皿に盛った時べちゃりと潰れてしまいます。

それに、串やお箸《はし》で取った時も非常に形が崩れやすい。

結局、グズグズの状態で口に放り込むことになってしまいがちです。

とはいえ、焼きすぎてしまうと外が焦《こ》げて硬くなり、中の水分も飛んでしまい、微妙な思いをすることに。

そこを見極め、火加減も調整し、じっとタイミングを見計らう。

そこに、たこ焼きの極意が詰まっていると言っても過言ではございません。

「かなり焼けてまいりましたので、ここからの数分で変わってまいりますが……おぼっちゃまは、中が硬めと柔らかめ、どちらがお好みでしょうか」

「うむ……そうだな。余は、ややトロけておる方が好みだ。トロトロの生地が中の具材と混ざっておるものは、実に美味であった」

さすがおぼっちゃま、わかってらっしゃる！

そう、私もまさにそれぐらいが好みでございます。

ならばと火力を調整し、皿に盛っても丸みが保たれるギリギリのあたりで、私は一気にたこ焼きを取り上げます。

そして、じっと見ているおぼっちゃまの前で、ソース、青のり、カツオブシをトッピングしていく。

綺麗に並んで仕上がったそれに串を添えて。私は、満面の笑みで言ったのでした。

「お待たせしました、おぼっちゃま！　次のたこ焼きにございます！」

「おお……」

目の前で出来上がったたこ焼きを見つめながら、感嘆の声を上げるおぼっちゃま。

そしてすぐに串で突き刺し、たこ焼きを口に運ぼうとなさったので、私は慌てて止めました。

「あっ、お待ちくださいおぼっちゃま！　できたてですので、中はとても熱くなっております。そのままでは、お口の中をやけどしてしまいますわ！」

「むっ、そうか、そうであったな。むう……」

そう言って、おぼっちゃまは手を止め、恨みがましそうにたこ焼きを見つめました。

「できているのに、食えぬとは。余は正直、今すぐ食べたいぞ」

我慢しきれない様子の、おぼっちゃま。ああ。その気持ち、痛いほどわかります。

ですがこのままでは、我慢しきれず食べたおぼっちゃまのお口がやけどしてしまいそう。

私は、一瞬迷って。そして、ちらりとメイド長の方を見て。

ええいままよ、と、思いきった手に出ました。

「で、ではこうしましょう、おぼっちゃま！　私が……ふーふーして、冷ましますわ！」

そう言って、ガバッとおぼっちゃまの隣にしゃがみこみ、串でたこ焼きを割り。

そして、私は。

親が子供にするように、熱いたこ焼きをふーふーし始めたのでした。

「……シャーリィ、おまえ……」

と、メイド長がありえないものを見る目で私を見ているのは気づいています。

だけど、ここまで来たらやるしかないでしょう⁉

そして、たこ焼きの温度が熱すぎないぐらいになったのを確認し、私はすっとそれを差し出します。

「おぼっちゃま、そろそろよろしいかと思いますわ！　はい、あーんしてくださいませ、あーん！」

「なっ、なに？」

子供にやるように、食べさせようとする私。

それにおぼっちゃまは一瞬戸惑《とまど》われましたが、やがて少しだけ顔を赤く染めながら、可愛らしいお口を開いてくださいました。

「あ……あーん……」

そこに、そっとたこ焼きを入れる私。

そして、おぼっちゃまは、たこ焼きをあむあむとじっくりと味わい。

そして、はじけるような笑顔でおっしゃったのでした。

「……美味しい！　素晴らしい！　なんだか、先ほどよりずっと美味しいぞ、シャーリィ！　最高だ！」

よぉしっ！　そうですよね、なにしろ一緒に作ったたこ焼きですもの！

これが、美味しくないわけがない！

気を良くした私は、他のたこ焼きも割り開いてふーふーし、どんどんおぼっちゃまのお口に放り込み続けました。

おぼっちゃまはその一つ一つを堪能《たんのう》しながら、うんうんとうなずいています。

「美味しいぞ、これが目の前で出来上がるのを見守ったおやつの味か！　良い……実に良い！」

「それだけではありませんわ、おぼっちゃま。おぼっちゃまが一緒に作ってくださったんですもの。美味しいに決まっております！」

「うむ、そうであった。ふふ、わずかとはいえ自分で作ると、特別に感じるものなのだな。なんだか妙に愛おしいぞ」

なんて、おぼっちゃまったらなんとも楽しそう。

ああ、色々ありましたが、こんなに喜んでもらえてよかった。

次を作り始めながらそんなことを考えていると、そこでアンがやってきて、たこ焼きを並べ始めました。

「つっ、次のたこ焼きにございます！　おっ、お待たせして、本当に申し訳ありませんでした！」

「うむ、良い。気にするな」

そう言って、アンのたこ焼きを割り開き、熱すぎないかしっかり確認してから、パクリと口になさるおぼっちゃま。

そしてあむあむと楽しんだ後。ふふっ、と、笑顔を浮かべられました。

「うむ、美味しい。美味しいが、余が作った方がさらに美味しいぞ。ふふふ」

なんて、すっかり料理人気分のおぼっちゃま。

もちろんそれでいいのです。

だって、たこパというものは、そういう楽しさを味わうのも醍醐味《だいごみ》なのですから。

そして、おぼっちゃまはその後マヨネーズトッピングのたこ焼きなども楽しみ、大いに満足なされ。

「これから、月に一度はこのスタイルでたこ焼きを出してくれ」

という言葉を残し、大満足してお仕事へと戻っていかれたのでした。

「はあ……やった……。やりぬいたわ……」

「し、死ぬかと思った……」

深々と頭を下げておぼっちゃまをお見送りした後、その場にへたり込んでしまう私とアン。

本当に、とんでもない時間でした。もう、自分のしたことが信じられないぐらいに。

いくつ、タブーを犯しましたっけ。怖くて数える気にもなれません。

王宮に上がったばかりのころは怖いもの知らずで、ケチャップ付きのフランクフルトを、毒味と称しておぼっちゃまの前で食べる、なんていう馬鹿なこともやりました。

ですが、今や私も立派な王宮の一員。

守りたいものもたくさんできて、今回の一件は心の底から震えました。

ああ、クビだけは……クビだけは、嫌だわ！

でも、なんにしろ。

たこ焼きを布教し、おぼっちゃまに楽しんでいただくという目的は、どうにかクリアできました。

……なんて、考えていると。

その時、強烈な殺気を感じ取り。ぞわっ、と私は震えあがったのでした。

「――シャーリィ班。今すぐ、私の部屋まで来なさい」

地の底から響いてくるような、恐ろしい声。

それは、青く冷たいオーラをまとい、私たちを見下ろすメイド長のもの。

そのあまりの恐怖に、私とアンは抱き合い、カタカタ震えながら、ひきつった表情を浮かべたのでした。

◆
◆
◆

「あははははは！　それで君たちは、その後、メイド長に大目玉を食らったってわけかい！　しかも、当面外出禁止を言い渡されたと。いやあ、シャーリィ、君の話は本当にいつでも面白い！　最高だよ、君は！　はははははは！」

と、薄暗い石造りの部屋に、ジョシュアの豪快な笑い声が響き渡りました。

それに私は、卓上コンロでたこ焼きを焼きながら、ぐわっと怒り顔で応《こた》えます。

「笑い事じゃないわよ、もう！　メイド長凄くおっかなくて、本当に生きた心地がしなかったんだから！」

あのたこ焼き騒動から、数日。

メイド長にこっぴどく叱《しか》られ、メイドの皆からは白い目で見られましたが、それもようやく落ち着き。

私は、結果報告も兼ねて、ジョシュアにたこ焼きを振る舞いにきていたのでした。

時間は、夜。場所はもちろん、ジョシュアの部屋です。

……ちなみに、ジョシュアも今日はちゃんと服を着ています。私が着せました。

部屋も、調理をしてもいいぐらい綺麗です。私が徹底的に掃除しました。

ホコリだらけの部屋で素《す》っ裸《ぱだか》のまま過ごして、ジョシュアの体が悪くなったら困りますしね。

長生きしてもらわなくてはいけません。彼女には。

「ははは、悪い悪い。いやあ、しかしなるほど、偏見ね。食に対する偏見というのは、なかなかどうして根深いものだからね。以前ボクが読んだ本には、食肉文化のないところで育った少女が、動物の肉を食べている人々を見て、こいつらは化け物だと思ってしまうというエピソードが書かれていた。それほど、食文化の違いとは難しいものだということだよ」

それを先に聞きたかったです。

ああ、いくら美味しいからって、タコをいきなり出すのは間違いだったのかも。

でもこの国には、まだまだ未知の美味しい食材が眠っているのです。

この国では奇妙に見えても、私にはまだまだ世に出したい料理が山盛り。

いかにして偏見を乗り越え、新しい味を楽しんでもらえるか。

それが、今後の私の課題になりそうです。

「ごめんなさい、私、実はこの料理は出したらまずいんじゃないかなと思ってたの……。でも、あなたが嬉しそうだから、どうしても言いそびれちゃって……。相棒失格だわ。ごめんね、シャーリィ」

と、しゅんとした様子で言うのは、私の隣でたこ焼きを焼いているアンです。

そう、今日は私一人ではなく、ぜひジョシュアに紹介しようと、人を連れてきていたのでした。

アンと、そしてもう一人、畑の魔女のアガタを。

ちなみにみんな、ラフな寝間着姿でございます。

「アンは悪くないでしょ。この子が、そうと決めたら突っ走って、周りが見えなくなるのが悪いのよ。反省をしなさい、反省を」

「うっ、ゴメンナサイ……」

と、お姉さん風に私を叱るアガタと、がっくりと肩を落として謝る私。

まったくそのとおりです。今回は、アンに多大なる迷惑をかけてしまいました。

申し訳ないと落ち込んでいると、ジョシュアがそんな私を励《はげ》ますように言ってくれました。

「まあまあ。物は考えようだよ。偏見があって食べられていないということは、それが未知の味わいということでもある。君の料理は、未知ゆえに、興味深くも美味しい。それは立派な長所だとボクは思うね。……しかし、そのタコとやらは、そんなに毛嫌いされるぐらい不気味なのかい。ボクは山の方の出身だから、偏見はないなあ」

そう、ジョシュアはたこ焼き用の卓上コンロを作ってくれた時、それで作る料理に興味を持ち、ぜひ自分も食べたいと言ってくれたのです。

なので、今日はこうしてみんなでのたこパを開催しているわけですが、そういえばまだ肝心のタコを見せていませんでした。

なので、私は食材の入ったカゴからタコを引っ張り出し、皿の上にドスンと載せて言ったのです。

「これがタコよ」

「ヒイッ⁉」

ぶるんと揺れる、茹で上がった真っ赤なタコ。

それを見たとたん、予想外にもジョシュアは、悲鳴を上げて飛び上がったのでした。

「こっ、こっ、こっ、これは。予想以上、だなあ……！　ああ、これはやばい。なかなかショッキングなビジュアルだよ！　気色の悪い赤色に、クルンと丸まってつぶつぶがたくさんついてる足、そしてブルンブルン震える頭と醜悪な顔……！　あ、悪魔だね、確かにこれは悪魔だ！　これを王子様に食べさせようなんて、実に正気じゃない！」

椅子《いす》の後ろに隠れ、タコをこき下ろすジョシュア。

なんてひどいおっしゃりようでしょう。

でも、そんなジョシュアがなんだか可愛くて、私はつい（さっき笑われた仕返しも込めて）意地悪を言ってしまいました。

「あら。ジョシュアは、驚きがあるものは食べる価値があるとか言ってなかったかしら。そんなに驚いてるタコの味を、調べてみなくてもいいの？」

「っ……！」

その言葉に固まったジョシュアは、しばらく水を引っ掛けられた猫のような顔でこちらを見ていました。

ですが、やがてひきつった笑みを浮かべると、タコの元へと歩み寄り、すっとナイフを手にします。

「ふっ、ふふふ……言ってくれるじゃあないか、シャーリィ。なるほどね、確かにそうだ。こんな奇妙な生き物が、はたしてどんな味をしているか。いいだろう、それを確かめてみるとしようじゃあないか！」

そう言って、ナイフでタコの足をぶった切り、震える手で口に運ぶジョシュア。

そして、心底嫌そうな表情でそれを噛みしめ……やがて、くわっと目を見開くと、彼女は豪快な叫び声を上げたのでした。

「……馬鹿な。美味い……美味いぞおお！　なんだ、この繊細な味は！　見た目と違いすぎる、なんたる深い味わい！　シャーリィ、君、これになにかしたのか⁉」

「なにも。塩で揉《も》んで茹でただけよ。タコは元から美味しいの」

「なんと……。こんな美味しい生き物が、見た目が悪いってだけで食べられていないのか。なんと、勿体ない！　ああ、本当に美味しいなあこれ！　この感動を、今すぐ歌にして残したい！」

ひたすら感激した様子でまくしたて、タコをあむあむとかじり続けるジョシュア。

どうやらタコの味にハマったようです。

その様子を見て、なんだか私も鼻高々。どうだ、タコはこんなに美味しいんだからね！

そしてさらに、たこ焼きに入ったタコは無敵なのだ。

さて、そろそろたこ焼きが焼き上がるかな、なんて思っていると。

そこでアガタが、ジョシュアを見て、神妙な顔をしているのに気づきました。

「どうしたの、アガタ。ジョシュアを見つめて」

「……いや、ここだけの話なんだけど。私ね。塔の魔女のことを、ちょっとライバル視してたの。凄い道具を作ってる、超一流の魔女だっていうから。私も負けてられないぞ、なんて……思ってたんだけど」

と小声で話しながら、感動のあまり楽器を引っ張り出し、タコの歌を作り始めているジョシュアの方を見て、ため息とともに続けたでした。

「それが……こんな、愉快な人だったなんて！　特別に思ってた自分が、馬鹿みたいに思えちゃったわ」

「あー……」

その気持ち、痛いほどわかります。

私もジョシュアと知り合うまでは、正体不明の怖い魔女を想像してましたから。

それがこんな、自分の夢にまっすぐで、裸族で、何かあるとすぐ歌いだす珍妙な人物だとは想像もしませんでした。

「でも、凄く良いヤツよ。一緒にいて楽しいし。これから、仲良くして欲しいな」

「わかってるわよ。私も、嫌いじゃないわ。あんただけじゃ大変だろうから、たまに私も果実や野菜を差し入れに来るわよ。不健康そうだしね、あの人」

ああ、それは本当に助かります！

ジョシュアは、放っておくとどんどん弱る生活力ゼロの女なので、人の助けが必ずいります。

そう、まるでこまめに世話をしてあげないと死んでしまう、ゲームのキャラみたいに。

なので、たっぷり世話をして肥《こ》え太らせなくてはいけません。

そうすれば、あらよっと凄い発明をしてくれて、私の料理にさらなる発展をもたらしてくれるかもしれませんし。

それに、そうじゃなくとも。

もうすっかり友達なジョシュアには、毎日健康で楽しく過ごしてもらいたいのです、私は。

（ふふ……それに、王宮の二人の魔女とお友達になれたなんて最高よね。どっちもとっても良い子で、とっても凄い人だから。これからが楽しみだわっ）

最高の食材を提供してくれるアガタと、素晴らしい発明品を作り上げてくれるジョシュア。

みんなで一緒に、これからどんな美味しい料理を作ることができるのか。

それが、今から楽しみでなりません。

「ふうっ、焼けたわ！　会心の出来！　さあ、食べて食べて、アン特製のたこ焼きよ！」

と、そんなことを考えていると、アンがたこ焼きを仕上げ、満面の笑みでテーブルに並べ始めました。

ええ、もちろんこの最高の相棒であるアンも一緒ですとも。

そして、私たちは共にテーブルを囲み、わいわいとたこ焼きを食べ始めます。

最初はおっかなびっくりだったアガタとジョシュアも、すぐに美味しい美味しいと喜び始め。

やがて二人も自分で焼き始め、トッピングで用意したチーズやエビ、イカやお肉なんかも入れて、アレンジたこ焼きを始め……。

夏が終わり、秋が訪れようとしている、ある日の夜。

こうして、私たち四人は魔女の住まう塔で、最高の夜を楽しんだのでした。

◆◆◆

「うーん……。おかしい。実に、おかしいぞ」

王宮の中にある、大きな厨房。

メイドキッチンではない、本物の厨房で、コックの衣装を身にまとった男性が、うなるようにそうつぶやきました。

痩せ型ののっぽで、立派なヒゲを蓄《たくわ》えたその中年男性の名前は、ローマン。

彼は、王宮のランチシェフ……つまり、ウィリアム王子に昼食をお出ししている、位の高いシェフでした。

「最近、ウィリアム様がお昼に食べる量が、あまりに少なすぎる。前の半分ほどになってしまった。これはどういうことだ……？」

そう、彼には、最近悩みがあるのでした。

それは、お料理を出している王子が、あまりランチを食べてくれないこと。

いえ、もちろん大食漢の王子のことですから、それでも常人の数倍は食べます。

それでも、以前と比べると、あまりにも少食と言わざるを得ません。

「おかしい、料理の味は落ちていないはずだ。毎日毎日、ワシは最高のランチをお出ししている。ウィリアム様が気に入ってないとは思えない」

ローマンはたいそうな自信家でしたので、そこには疑問がありません。

ランチの味は、間違いなく国で一番だと自負しています。

それに、味がよくないなら、そうとすぐにわかるはずです。

なにしろ、王子は美味しくなければ、絶対に食べてはくれないのですから。

「こちらの問題ではないはずだ。これはそう、まるで、ウィリアム様が自ら食べる量を加減しているような……」

健康のためにそうしているのなら、構いません。

以前から、王子の食べすぎを心配していましたから。

しかし、どうも様子を見ていると、そういうわけでも、そしてお腹がいっぱいで食べられない、というわけでもなく。

まるで「後の楽しみに胃袋をとっておくか」とでもいうような様子で、ローマンは不思議でなりません。

ディナーまでは、数時間。それを楽しみにしているにしても、大食漢の王子には長すぎます。

はて、これはどう受け止めればいいのやら。

そうローマンが首をひねっていると、そこで誰かの可愛らしい声が聞こえてきました。

「——教えてあげましょうか？　その理由を」

「なにっ？　誰だ！」

突然の声に驚き、振り返るローマン。

するとそこには、厨房に似つかわしくない、小柄な少女が立っていたのでした。

「こっ……これは、アシュリーお嬢様！　こっ、このような場所に足を運んでいただくなどっ……！」

そう、そこにいたのは大貴族の娘、アシュリーお嬢様。

本来ならば、厨房に顔を見せるような立場の人ではありません。

驚き慌てたローマンは、慌てて床に平伏しようとしましたが、それをアシュリーが止めました。

「やめなさい。そういうの、いちいちいらないわ。面倒だもの。……それより」

そして、にやりと怪しく笑うと。アシュリーは、ローマンにそっとささやいたのでした。

「教えてあげるわ。どうして、ウィリアム様があんたの作ったランチを、あんまり食べてくれなくなったのか」

そして、そのささやきが、やがてシャーリィたちをとんでもないピンチに陥《おとしい》れることになるのですが……。

続きは、次のお話で。

◆第四章◆　ランチタイム・ウォー

「ふんふんふーん♪」

なんて、鼻歌交じりに王宮の正門近くで立っているのは、もちろん私、シャーリィ。

今日はとっても楽しみにしていた荷物が届く日で、私は我慢できずここで待っているのでした。

「まだかなー……まだかなー……」

少し背伸びなんかしたりして、じっとその時を待ちます。

すると、やがてお目当ての荷馬車がやってきて、私はたまらず、小走りで駆け寄ってしまいました。

「わー、こっち、こっちです！　シャーリィ・アルブレラ宛ての荷物ならこっちです！」

両手をブンブン振って、存在をアピールする私。

あれは間違いなく、お父様の商会の馬車です。

ニッコニコでそれを出迎えると、御者台に座った顔なじみのおじさんが、ニカッと笑みを浮かべました。

「お待たせしました、お嬢。大旦那からのお荷物、お届けに上がりましたよ」

そう、彼は我が父が経営する商会の、従業員。

王宮から気軽に出られない私のために、父からの荷物を運んできてくれたのでした。

「本当に待ってたわ！　じゃあ、荷物をどんどん降ろしちゃって！」

さっそく、そうお願いする私。

するとおじさんが木箱をどんどん降ろしてくれて、私は我慢できないとばかりに、その一つをガバッと開きました。

すると、そこに詰まっていたのは……大量の、種！

「わあ、良《い》い状態！　とても、何ヵ月も旅してきたとは思えないわ！」

それをサッとすくい上げ、感嘆の声を上げる私。

そう、今日の荷物は、はるか遠くの土地から取り寄せた、食材の種たちなのでした。

それはいずれも、このあたりの土地では栽培されていないもの。

それを、私は料理のレパートリーを増やすべく、父に頼んで取り寄せてもらったのでございます。

「凄《すご》い、凄い！　ああ、すっごく嬉《うれ》しいっ……！」

なんて、あれこれ開けてみて大はしゃぎの私。

さあ、急いで運び込まなくちゃ、なんてやっていると。

そこで、背後からよく知っている声が聞こえてきました。

「シャーリィ、なにやら大変そうだな。よければ手伝おうか？」

「……ローレンス様！」

そう。

私に声をかけてくださったのは、騎士団長のローレンス様だったのでした。

◆◆◆

「申し訳ありません、ローレンス様。騎士団長様に、こんな雑用をさせてしまいまして」

と、荷物の入った木箱を抱えて、王宮の廊下を歩きながら言う私。

ローレンス様は、国一番のイケメンで知られ、大人気な騎士様。

そんなローレンス様と私は、とあることで知り合い、今ではすっかりお友達なのでした。

すると、私の三倍ほどの荷物を抱えたローレンス様は、朗らかな笑顔で言ってくださいます。

「気にするな。君にはいつも世話になっているからな。それに力仕事は私の得意分野だ。遠慮することはない」

ああ、なんて良い人なのでしょう。色々と、お忙しいでしょうに。

貴族にして騎士団長という身分でありながら、この気配りと優しさ。人気があるわけだ！

「しかし、これはなかなかの重量だな。箱の中身はなんだ？」

「はるか東方で栽培されている、香辛料や種ですわ！　クミンやわさびに、それになにより……大豆！」

と、笑顔でお伝えする私。

この大量のブツが届く前に、私は見本として少量を受け取り、味見もしたのですが。

これが、私の知る大豆や香辛料にかなり近くて、感動してしまいました。

ああ、やっぱりあったんだわ。この世界にも、大豆たちが！

ただ、なにしろ遠方の品なので、運んでくるだけで大仕事。

それゆえ、かなり値は張ったようですが。でも、一度種を仕入れてしまえばこちらのもの。

だって、種さえあれば、アガタがいくらでも育ててくれるんですもの！

（ただ……今回も、お米だけは仕入れられなかったのよねえ）

そう、我が愛《いと》しのお米は、何度も探しているのに、やはり確認できず。

おかしい、元の世界のアジアでは広く栽培されてたはずなのに。

やはりそこは異世界、ということでしょうか。

でも、あんまり心配してはいません。だって、私は自分とお米との縁を信じていますから！

きっと、いつかは出会えるはず。ええ、きっと。

それに、今は満足感でいっぱいです。だって、大豆が手に入ったんですよ、大豆が！

大豆があれば、本当に、本当にたくさんのことができるのです。

なにしろ、大豆は日本人にとって欠かせない最高の食材ですから！

それに、他の品々もずっと欲しかったものばかり。

これらを使えば、私のレパートリーはもっともっと広がってゆくでしょう。

そしてこれを仕入れられたのは、王宮で頑張ったおかげ。

なんと、これらを仕入れる費用は、私の努力が認められて、王宮が出してくれたのでした。

ああ、頑張ってよかった！

この後、急いでアガタのところに持っていって相談しよう……なんて、幸せな物思いにふける私。

すると、そんな私を見つめながら、ローレンス様がこうおっしゃいました。

「そうか。私にはよくわからんが、君がそこまで喜んでいるということは良いものなのだろうな。……ところで、シャーリィ。少しいいだろうか」

と、人通りが少なくなってきたところで、周囲をうかがいながら、そっと小声になるローレンス様。

そして、少し困った顔で続けたのでした。

「実は、その……備蓄が、心もとなくてな」

備蓄。ローレンス様が私におっしゃる備蓄とは、つまり甘いもののことを指しています。

とある事件の折に、ローレンス様が甘党であることに気づいた私。

それ以降、私は定期的にローレンス様の元を訪れ、甘いものを差し入れしたり、一緒に楽しんだりしていたのでした。

そしてローレンス様は甘いものをそっとお部屋に隠し、人目をはばかりながらも、密《ひそ》かに楽しんでくださっているのでございます。

「ふふ、そう思って、そろそろお持ちしようと考えていたんです。今度は、新作をご用意いたしますわ」

「新作……！」

そうつぶやいたとたん、ローレンス様の顔がぱあっと輝きました。

それは、例えるならば、スーパーにあるお菓子の棚の前で、親に「好きな物買っていいよ」と言われた子供のような笑顔。

そう、外から見ると、真面目で完璧なローレンス様ですが。

その中身は、甘いものが楽しみで仕方ない、とっても可愛《かわい》らしい方なのでございました。

どことなく、そのあたりはおぼっちゃまと似ているかもしれません。

これは新作も気合い入れて作らなくちゃ。そう思い、ちょっと笑ってしまいます。

これではまるで、子供のために頑張っておやつを作る母親です。

どうやら、案外私にも母性本能というやつがあったようですね。

そんなことを考えながら、私はローレンス様と並んで歩き、楽しい時間を過ごしたのでした。

◆◆◆

「……ふん。まあ、美味《おい》しかったわ。しゃくだけど」

中庭にアシュリーお嬢様の声が響き、私たちメイド一同は、勢いよく頭を下げました。

「ありがとうございます、お嬢様！」

大豆を手に入れてから、数日後のこと。

またやってきたアシュリーお嬢様に、おやつとしてプリンアラモードをお出ししたところ、こうして無事お褒《ほ》めの言葉をいただけたのでした。

アシュリーお嬢様は、おぼっちゃまのお妃《きさき》候補ナンバーワンな、大貴族のご令嬢。

その上美少女で、とても利発という素晴らしい方なのですが、なぜか私のことをたいそう嫌ってらっしゃり。

こうして、いらっしゃるたびに、私はそのご機嫌を取るため、おやつに四苦八苦しているのでございました。

しかし、今回もそれは大成功。大きなお皿の上に、プリンとアイス、さらにプチパンケーキ。

そしてそれを飾るように、たくさんのフルーツとクリームが盛り付けられたプリンアラモードは、おぼっちゃまとお嬢様、双方にご満足いただけたようです。

「また、見事にお嬢様の舌をうならせましたね。さすがです、シャーリィ」

私の横に並んだ、アシュリーお嬢様のお付きであるミア様が、小声でそう声をかけてくださいました。

すらりと背が高く、とっても整《ととの》った顔立ちをした、一見男性かと見まごう美女のミア様。

それに私は、「ありがとうございます」と答え、ニッコリと微笑《ほほえ》んだのでした。

最初はアシュリーお嬢様の命令で対決した私たちですが、それ以降は方式が変わり。

アシュリーお嬢様が、私たちメイドの作ったものを認めてくれるかどうか、というやり方に変わったのでした。

なので、ミア様といがみ合う必要はもうどこにもなく。

こうして、お互い笑顔でやり取りできるようになったのでございます。

「しかし、相変わらず独創的で素敵なおやつだった。どこからああいう発想が出てくるのか、本当に不思議だ」

「う、うふふ。ありがとうございます」

褒めてくださるミア様に、曖昧な笑みを返す私。

私の作るものはあくまで前世の知識に頼っているので、あまり大きく胸を張れません。

それに、プリンアラモードはプリンを中心としたおやつですが、同時に周りを飾り立てるフルーツが重要な意味合いを持ちます。

今回使用したフルーツは、メロンとブドウにリンゴ、そしてサクランボ。

いずれもアガタの農園で採れたもので、今回も、もの凄《すご》く彼女に助けてもらったのでした。

もちろんそのまま出したのではなく、砂糖漬けにしたり、飾り切りにしたりして色々工夫《くふう》はしましたけどね。

ちなみに、今回出したのは、牛乳たっぷりのカスタードプリン。

これがまた、おぼっちゃまの味覚にクリティカルヒットだったようで。

おぼっちゃまは、椅子《いす》にもたれかかったまま「プリン……プリン……」とつぶやきながら、余韻に浸《ひた》ってらっしゃいます。

私的にも、今回のカスタードプリンは大成功でした。

おぼっちゃまもプリンの虜《とりこ》になったようですし。

当分、いろんな種類のプリンをお出しすることになるでしょう。

次は焼きプリンなんてどうかな、なんて考えていると。

そこで、アシュリーお嬢様がこちらを見て、にやにやと笑っているのに気づきました。

「……お嬢様、どうなさいましたか？　なにか、不手際《ふてぎわ》でもありましたでしょうか」

と、恐る恐る尋ねてみると、お嬢様は、ふふんとその可愛い鼻を鳴らしておっしゃいます。

「別に？　ただ……楽しみだな、って思って」

「……？」

意味はわかりませんが、なんだか不気味です。またなにかを仕掛けてくるつもりでしょうか。

まあ、でも今日のおやつはどうにか凌《しの》げたし。次にお嬢様が王宮に来るのは、早くても半月以上先でしょう。

なら、しばらくは穏やかに過ごせるわね……なんて、気を抜いたのがよくなかったのでした。

なにしろ……今日の騒動の本番は、これからだったのですから。

◆◆◆

「みんな、お疲れ様！　今日も無事お二方に満足していただけたわね。良い仕事だったわ！」

と、メイドキッチンに戻り、一班のメイド頭であるクリスティーナお姉さまが言うと、皆様から歓声が上がりました。

「今日も美味しそうに食べてくれたねえ！　おぼっちゃまもご機嫌で、いいおやつタイムだった！」

「うふふ、クリーム、気に入ってくださっていたわね。シャーリィに教わって、作り方を研究した甲斐《かい》があったわ」

なんて、楽しそうに言い合うお姉さまたち。

そう、プリンアラモードは私が見本を作り、それを元に皆様で役割分担していただいて作り上げた一品でした。

最初の一件以降、お嬢様が来た時はメイド全員で挑むのがお約束になっていて、今回もお姉さま方にすごくお世話になったのです。

「シャーリィ、今回も見事なおやつだったわ。あなた、本当に貫禄《かんろく》が出てきたわねぇ」

とは、おっとりとした性格をした、三班のメイド頭エイヴリルお姉さまのお言葉。

下っ端である私に対しても、このようにおっしゃってくださるのですから、本当に人のできたお姉さまです。

ありがとうございます、と頭を下げていると、他のお姉さまたちも私に微笑みかけてくださいました。

「今回のプリンというおやつ、勉強させてもらったわ。あんな単純な材料で、こんな味ができるなんて考えもしなかった。料理って本当に奥が深いわ」

「ほんとだねえ。同じ材料はよく使ってるのに、こんな調理方があったなんてね。シャーリィ、あんたの発想力にはほんと脱帽だよ」

そう褒めてくださるのはクリスティーナお姉さまと、二班のクラーラお姉さま。

メイドのトップ2であるお二人が口々に褒めてくださって、なんだか照れてしまいます。

全てがハイクオリティな完璧主義者のクリスティーナお姉さまと、豪快で面倒見がいいクラーラお姉さま。

そして三班のエイヴリルお姉さまは、繊細で気配りの行き届いた方。それぞれがとても技術の高い菓子職人であり、そしてとても素敵なお姉さまたちなのです。

今回も、あれこれ改善案を出しながら段取りをつけてくださって、大いに助かりました。

本当に、まだまだ学ぶことがいっぱいで、一緒にお菓子を作れる機会は私にとって貴重なものとなっています。

……ちなみに、以前バチバチにやりあった、四班のメイド頭であるジャクリーン。

彼女はというと、盛り上がりからは少し距離を取っていますが、それでも満足そうな顔をしていました。

今回も、プリンアラモードにつけた飴《あめ》細工は、ジャクリーンがやってくれたもの。

彼女は特に手先が器用で、その手で作られた精巧な飴細工は、アシュリーお嬢様のお気に入り。

彼女にも、ビジュアル面で大いに助けられました。

それに最近は、前と比べてギスギス感もやわらぎ、時折言葉も交わしたりして。

どうにか彼女とも仲直り、私もメイドの中に溶け込めてきた気がします。

（さーて、じゃあ後は私がプリンを楽しむだけねっ）

諸々《もろもろ》の後片付けも終わり、いよいよ時間ができました。そうなれば、今度は私が楽しむ番！

おやつタイムがうまくいった後に食べるおやつは、これがもう格別なのです。

クリームをたっぷりかけて、サクランボのシロップ漬けも載せちゃって。

さあ、たっぷりプリンを楽しむぞ！と、ニコニコ笑顔で器とスプーンを手に取った、その瞬間。

バン！と、突如としてメイドキッチンの扉が乱暴に開かれ、驚いた私は、あやうくプリンを落としそうになってしまいました。

「ひゃあっ⁉」

床に落下しそうなプリンの皿を、必死にバランスを取って押し留める私。

どうにか落とさずに済んで、ふうと安堵《あんど》のため息。

ええい、一体誰がこんなことを⁉　と、ぐわっと振り返ると。そこには、真っ白なコック服を着て、奇妙なほど長い口ヒゲのおじさんが立っていたのでした。

「…………」

ヒゲのおじさんはむっつり顔で、キッチンの中を睨《にら》みつけています。

どうやら、かなりご機嫌斜めのご様子。

メイドの皆は私と同じく驚いた顔をしていましたが、やがてクリスティーナお姉さまが恐る恐る進み出ておっしゃいました。

「……これは、どなたかと思ったら、ランチシェフのローマン氏ではありませんか。このような場所にいらっしゃるとは珍しいですね。どうかなさいましたか？」

ランチシェフ！　聞いたことのある役職です。

確か、王宮でお出しする食事のうち、ランチを取り仕切るシェフをそう呼ぶのだとか。

王宮の食事を任せられているということは、国内でもトップクラスの料理人であるということ。

つまり、このローマンさんとかいう神経質そうなヒゲのおじさんは、かなりの腕を持った料理人だということです。

（うわあ、凄い。一体どんな料理を出してるのかしら。私も食べてみたい！）

そういえばせっかく王宮に来たのに、まだ一度も宮廷料理というものを口にしたことがありませんでした。

もちろん雇われの身である私がそうそう口にできるものではないのですが、まかないでもいいから食べてみたいなあ。なんて、のほほんと事態を見守る私。

しかし。……続くローマンさんの一言で、私はそれが大きな間違いだと知ることになったのでした。

「ええい、どうしたもこうしたもあるか！　今日は貴様らに文句を言いに来た。なんでも貴様ら、最近ウィリアム様のおやつに、とてつもなく重いものを出しておるらしいな！」

……えっ。

重い、もの？　えっ、それって、まさか……？

なんて私が激しく動揺していると、ローマンさんは続けて怒りの言葉を投げつけてきます。

「前はサクルだけ出しておったくせに、最近は下品な揚げた菓子や、やたらと甘いパン菓子に、それだけは飽き足らず、肉やチーズを使ったものまで出しておると聞いたぞ！　どう考えても、おやつの領分を超えておろうが！　ふざけおって、どういうつもりだ！」

……あ。これ、完全に私の出してるものですね。

つまり。ローマンさんが怒鳴り込んできた理由は、私、と。

はい。

……やっぱあああああああああいいいいい!!

「……重いおやつ……」

「……それって……」

すっと周囲の視線が集まってきて、私はサッと視線を逸《そ》らします。

しかし、抑えきれず、私の額からはだらだらと冷や汗が。

そして、私はこわばった表情で、この場からの脱出プランを練り始めたのでした。

「おかげで、ウィリアム様が昼食をあまり召し上がってくれんのだ！　ワシは毎日毎日精魂込めて最高の昼食を作っておるのに、貴様らのせいで台無しではないか！　これは立派な越権行為だぞ！　この始末を、どうつけるつもりだ!?」

「……シェフ様がお怒りの理由はわかったよ。けど、おやつタイムに何を出すかは私たちメイドに一任されてるはずだよ。その内容に口出ししてくることこそ、越権行為じゃないのかい？」

「なぁにぃ!?」

凄い剣幕でがなりたてるローマンさんに、強気なクラーラお姉さまが言い返します。

わあ、凄い勇気！　ですが、それは逆に、火に油を注《そそ》ぐ形となってしまいました。

「何をいっちょ前に、料理人のような口を聞きおるか、このメイド風情が！　そもそも、偉大なるウィリアム様のおやつを、貴様らのようなド素人《しろうと》が取り仕切っておることこそがおかしいのだ！　貴様らのような掃除女は、掃除だけしておればよいのだ！」

「なっ……」

あまりといえばあまりの言い草に、メイドの皆の間をざわめきが走ります。

これはいけません。いろんな意味で、問題発言です。

前世日本のＳＮＳでこんな発言をしようものなら、二度と立ち上がれないぐらい滅多打ちにされることでしょう。

「……なにこの人、いくらなんでもひどすぎじゃない？」

「ありえないわ、私たちのことを掃除女、ですって！」

「私、こんな侮辱を受けたの初めてだわ……！」

あちこちから、そんなささやき声が漏れ聞こえてきます。

そして、メイド全員から一斉に敵認定されるローマンさん。

ですが、彼は怯《ひる》むどころか、ますます調子に乗って罵倒を続けたのでした。

「ふん、伝統だかなんだか知らないが、王室のおやつを掃除女の汚れた手で作らせるなど話にならん！　その上、下品な料理でウィリアム様の舌を騙《だま》しおって！　貴様らのような者は、おとなしく、馬鹿の一つ覚えのサクルを作っておればよいのだ！」

うわあ。

いくらなんでもここまで言いますかね、ってぐらい絶好調のローマンさん。

さすがに耐えかねたのか、いつもはおっとりとしているエイヴリルお姉さまが、すっと目を細めて言い返します。

「……いい加減にしてくださるかしら。いくらあなたが王宮のシェフだとしても、そこまで馬鹿にされたら私たちも黙っていられないわ」

「そ、そうよ！　黙って聞いていれば、言いたい放題……！　私たちはこれでも、おやつメイドとして、誇りを持って日々頑張ってるの。偉いシェフだかなんだか知らないけど、馬鹿にしないでちょうだい！」

ジャクリーンもそう続き、ローマンさんとメイド多数でにらみ合いになり、状況はまさに一触即発。

それを見ながら、私はあわあわしっぱなしです。

ど、どうしましょう、これって私のせいですよね？

おぼっちゃまに仕《つか》える者同士、私は喧嘩《けんか》なんかして欲しくありません。

なら、ここは私が名乗り出て、怒られれば済む話。

この安い頭ぐらい、いくらでも下げましょう。

そう思い、私は声をはりあげました。

「お、お待ちください！　おぼっちゃまに、ピザやらたこ焼きやらドーナツやらを出していたのは私でございます！　怒るのなら、どうかこの私にっ……」

うわあ、こうして並べてみると、確かに調子に乗って好き勝手なもの出してきたなあ私！

そして、私がそう言ったとたん、ローマンさんがこちらをギロリと睨みつけました。

「貴様が犯人か」と言わんばかりの視線に、思わず肩がすくみますが、ここで下がるわけにはいけません。

でも、その時。

クリスティーナお姉さまが、私をかばうように、前に立ちはだかってくださったのです。

「待ちなさい、シャーリィ。あなたはなにも悪くないわ。おやつメイドは、全力でおぼっちゃまに楽しんでいただくのが使命。それを遂行して、なにが悪いものですか」

「おっ、お姉さま……！」

「それに……彼の今の発言は、私たちメイド全員を侮辱するものよ。もう、あなただけの問題ではないの」

そう言って、キッとローマンさんを睨みつけるお姉さま。

あわわ……。これは、とんでもないことになってきました。

「ローマンさん。あなた方シェフが、私たちメイドがおやつを出すのを快く思っていないことは知っていました。ですが、怒鳴り込んできて私たちをさんざんに侮辱するとは、あまりといえばあまりではありませんか」

「ふん、貴様らが悪いのだろう！　おやつで済む領分を犯し、ワシらへの敵対ともとれる行為を繰り返しおって。おやつメイド風情が、ワシらと同じ土俵で戦えるとでも思ったか！　今すぐ本物の厨房にきて、ワシを含むシェフ全員に頭を下げい！」

「……そうですか。どうしても争うおつもりですか。なら、私の方からも言わせてもらいますが」

……そして、お姉さまは軽く一呼吸入れた後。

致命的な、一言を放ったのでした。

「おぼっちゃまは、私たちの作るおやつを楽しみにして、お昼を減らしてらっしゃるのでしょう。それはつまり……あなたの作る料理より、私たちの作るおやつの方が美味しいというだけなのでは？」

「なっ……」

ああっ……言ってしまった。言ってしまいました！

それは、宣戦布告でございました。

舐《な》めるなよ。文句があるなら、料理でかかってこい。

それはつまり、そういう意味なのでございます。

「そもそも、何をどれぐらい召し上がるかはおぼっちゃまの自由。取られて悔《くや》しいのならば、もっと美味しいものを出せばよいだけです。私たちに文句を言うのは、お門違いもいいところですわ」

「そうよそうよ！　ギャーギャー騒いで威嚇《いかく》しようなんて、最低ね！」

「ランチシェフって言っても知れたものね、そのメイド風情に負けてるんだから！」

「ぐぬぬ、何を調子に乗りおって、この料理人もどきどもがっ……！」

口々に口撃を始めるメイドの皆。これにはローマンさんも、顔を真《ま》っ赤《か》にして大激怒。

ですが、メイドの皆は一歩も引きません。

このままでは、取っ組み合いの喧嘩でも始まってしまいそうな空気でしたが。

そこで、ひどく冷静な声が割って入ってきました。

「おまえたち。何事ですか、騒々しい。外まではしたない声が響いていますよ」

それは、メイド長の声でした。

いつもどおりの涼しい顔をしたメイド長がやってきて、ローマンさんと私たちの双方を睨みつけたのです。

わあ、やっぱこういう時は、この人が頼りになるぅ！

「おや。誰かと思えば、ランチシェフのローマンではありませんか。このようなところで何をしているのです」

「ふん、ワシは貴様らに文句を言いに来たのだ、クレア！　貴様、部下どもにどういうしつけをしておる！　こやつら、ウィリアム様に馬鹿みたいに重いおやつを出しおって、ふざけるなと言ったらワシの料理を馬鹿にしてきおった！　このメイドどもが！」

「……なんですって？」

そうつぶやくと、こちらを向き直るクレア様。

すると、メイドの皆が一斉に口を開きました。

「この方に、掃除女の汚い手とか言われました」

「料理人もどきと言われました」

「下品な料理で、おぼっちゃまの舌を騙していると言われました」

「…………」

それを聞いたメイド長は、眉一つ動かしませんでした。

が、やがて、ローマンさんの方を向き直り。

そして、とってもドスの利《き》いた低い声で、こう言ったのでした。

「ローマン。あなた、随分と私の部下を馬鹿にしてくれたようですね。死にたいのですか？」

あっ、駄目だこれ。この人が、一番沸点が低かったです。

冷静なのは見た目だけ。どうやら、一瞬にして誰よりもブチギレたようです。

ええ、まあ。あなたはそういう人ですよね、メイド長！

「なっ、何をっ……」

「そもそも、私たちのおやつがどうとか、どうしてあなたが知っているのですか。私たちのことなど、今まで興味もなかったくせに。誰の入れ知恵ですか」

若干怯んだローマンさんに、ぐいぐい詰めていくメイド長。

その迫力は、王宮で長く生き延びてきた百戦錬磨《ひゃくせんれんま》の古強者《ふるつわもの》のもの。

私たちノーマルメイドの比ではありません。

その後ろで、いいぞメイド長、たまには役に立てと無言の声援を送るメイド一同。

しかし。その攻勢は、廊下から響いてきた可愛らしい声によって、あっさりと断ち切られてしまったのでした。

「――私よ。私が、ローマンに教えてあげたの」

その声の主が、誰であるか。

それに気づいたとたん、メイド長が動揺の声を上げました。

「アシュリーお嬢様……」

そう、その声の主とは、あのアシュリーお嬢様だったのです！

彼女は困り顔のミア様を伴い、ニヤニヤ顔でメイドキッチンに入ってきました。

「このローマンは、元々はうちのコックだったのよ。腕がいいから、推薦して王宮に上がらせたのだけど、どうも最近困ってるみたいでね。だから、事実を教えてあげたってわけ」

ああ……ああ。

なるほど、納得がいきました。

全ては、アシュリーお嬢様が仕組んだこと……つまり、お嬢様がおやつタイム中にほくそ笑んでいた理由が、これなのでしょう。

お嬢様は、私がおぼっちゃまと仲良しなのが気に食わない。

だから、ちょっと嫌がらせをしてやりたい。

けど、おやつは毎回美味しいので文句も言えない。

そこで、手を変えてこのような形で波乱を起こすことにしたのでしょう。

（そもそも、ローマンさんが妙に強気なのが不思議だったのよね……）

彼は名の知れたシェフなのでしょうが、それでも出はおそらく庶民。

それに対して、おやつメイドのほとんどは貴族や豪商の娘です。

そんな相手に喧嘩を売るなんて普通は怖くてできませんが、アシュリーお嬢様という後ろ盾がいれば問題なし。

なにしろ、アシュリーお嬢様のブルーローズ家は、この国でもトップの貴族様。

頭の上がる人なんて、ほとんどいません。

ローマンさんが元から気に入らなかったであろう、おやつメイドの存在。

それをアシュリーお嬢様の保証付きで叩《たた》けるとあって、ここぞとばかりに叩きに来たのでしょう。

「それにね、あなたたちちょっと調子に乗りすぎだもの。あくまでこの王宮の台所は、本物のシェフが担《にな》っているの。自分たちがおまけであることを理解しなさい！」

「そういうことだ！　愚かな行《おこ》ないをワシら正当なるシェフに謝罪し、二度と迷惑はかけないと約束せい！　ガハハハハ！」

なんて、二人して高笑いするお嬢様とローマンさん。その姿は、まさに悪役！

アシュリーお嬢様、あなた、それでいいんですか……。

しかし、とにかくわかりました。やはりお嬢様の目的は、私にマウントを取ること。

今もチラチラこっちを見て、「さあ、私に許しを請いなさい！」という視線を送ってきています。

ですが……ですが、お嬢様。それは、愚策でございます。

そこまで言われたら……私はともかく、他の皆様が、黙っていられるわけないのですから。

「……なるほど。お話は、よくわかりました。つまり、今後、私たちは前のようにサクルだけを作っていろ、と。そう言いたいわけですか」

それはクリスティーナお姉さまのお言葉でした。

その硬い口調に、ローマンさんが少し驚いた顔をします。

「う、うむ、まあそういうことだ。余計なことをしないのならば、見逃してやっても……」

「お断りします」

そうきっぱりと拒絶すると、クリスティーナお姉さまがこちらを振り返ります。

そして、メイド全員が決意の籠《こ》もった瞳で見つめ返すのを確認し、こう続けられました。

「おぼっちゃまは、今の環境を喜んでくださっている。ゆえに、前に戻る気はありません。それに、これほどの侮辱を受けては、おぼっちゃまのメイドとして、私たちも黙っていられない。いいでしょう。私たちおやつメイドが、あなたたちシェフより劣っているかどうか……勝負を、しようではありませんか」

「……なにい？　正気か、貴様」

クリスティーナお姉さまのそのお言葉に、ローマンさんは驚いた顔でそう言いましたが、やがてにやりと笑みを浮かべました。

「勝負だとぉ？　どういう方法でだ。まさか、お互いにおやつを出し合って勝負だとでも言うつもりか？」

「いいえ、それでは私たちが有利すぎます。互いに、半分……そう、ランチと、そのデザートで勝負といこうではありませんか」

「ちょっ……」

二人の話を聞いていたアシュリーお嬢様が、戸惑《とまど》った様子で声を上げます。

ですが、お嬢様がなにか言うより早く、ローマンさんが高笑いを始めました。

「ガハハハハ！　これは面白い！　貴様ら料理人もどきが、このワシと、ランチで勝負だとぉ⁉　身の程知らずが、何をどう勘違いしたものか、これは面白い！　ガハハハハ！」

「……了承、と受け取っていいのですね？」

「良いとも、良いとも！　ぜひやろうではないか！　ただぁし！」

そして、ローマンさんはギロリと私たちを睨みつけ、上機嫌で言い放ったのでした。

「ワシが勝ったら、もうごめんなさいではすまさんぞ！　その場合は、おやつの時間も、ワシらシェフが担当するものとする！　貴様らは、今後掃除だけすることになるぞ……それでよいか⁉」

うっ！　負けの代償が、重い……！

予想外のその言葉に、さすがに怯んだ空気が流れましたが。

しかしクリスティーナお姉さまは皆を代表し、それにはっきりと答えたのでした。

「わかりました、その条件で結構です。ですが。私たちが勝った場合は、二度とおやつのメニューに口を挟むことは許しません。私たちを侮辱した言葉も全て取り消して、同等の料理人として認めてもらいます。それでいいですね？」

「いいだろういいだろう！　それだけじゃない、すみませんでしたと土下座《どげざ》して、なんなら貴様らにランチを出す権利も明け渡してやるわ！　天地がひっくり返っても、そんなことありえんがな！　ガハハ！」

　絶好調のローマンさんは、ここに来てさらに言いたい放題。

　それほど自分の腕に自信があるのでしょう。

　メイドごときに、このワシが負けるわけがない、と。

　そしてローマンさんは、予想外の展開に驚き慌てているアシュリーお嬢様の方を振り返ると、ニコニコ笑顔で言ったのでした。

「アシュリー様、こういうことになりました。確か、次はひと月後にいらっしゃるのでしたな？」

「えっ？　え、ええ、そうね……その予定、だけども……」

「では、その時を勝負の日といたしましょう！　ウィリアム様とアシュリー様に、ワシらシェフとメイドどもでランチとデザートをお出しして、評価していただく。あ、もちろんこやつらの料理などお口に合わないでしょうから、一口だけで結構ですぞ、一口だけで！」

　そして、ローマンさんはもう一度こちらを振り返って、勝ち誇った表情で言います。

「さて。では、貴様らはせいぜい一ヵ月、経験のないランチでも必死に練習することだな。人生を料理に捧《ささ》げてきた、王宮のシェフたるこのワシに本当に勝てると思うのならな！」

「……いいでしょう。後で吠《ほ》え面《づら》をかかないことですね」

「かかせて欲しいものだなあ！　せいぜい無駄なあがきをすることだ！　ああ、気分がいい。それでは、ワシはこれで失礼しますぞ、お嬢様！　ひと月後を、楽しみにしております！　ガハハハハ！」

こうして、勝負が決まり。

お嬢様に頭を下げたローマンさんは、上機嫌で去っていったのでした。

「……よくもまあ、あそこまで調子に乗れるものね……！　許せないわ！」

「こてんぱんにしてやる！　みんな、今日からランチメニューの研究をするよ！」

「ええ、やってやりましょう。料理人もどき、なんて二度と言わせないわ！」

彼が去っていった方に敵意の籠もった視線を向けながら、とってもやる気になっているお姉さまたち。

ですがそこで、私たちと同じように取り残されたアシュリーお嬢様が、慌てた様子で声を上げます。

「ちょっ、ちょっとあんたたち、本気なの⁉　相手は、王宮のシェフなのよ！　あんたたちが、敵《かな》うわけないでしょ！　なにやる気出してるの、馬鹿なの⁉　わっ、私がとりなしてあげるから、今からごめんなさいしなさい！」

それは、予想外の言葉でした。まさか、お嬢様が私たちをかばうようなことを言ってくださるとは。

多分お嬢様的に、ここまで大事にする気はなかったのでしょう。

ミア様と勝負になった時、負けたら私たちを全員クビにするとアシュリーお嬢様はおっしゃいました。

ですが、あれから幾度かおやつタイムを共にし、いくらかは私たちのことを認めてくださっていたのでしょう。

ですが……遅い。遅すぎました。

なにしろ。もう、お姉さまたちについた炎は、消しようがないほど燃え上がっているのですから。

「お嬢様。こうなっては、私たちも引き下がれないのです。おやつメイドの誇りにかけて、一矢報《むく》いる所存です」

「えっ……」

「敵う、敵わないではないのです。私たちは、おぼっちゃまにおやつを出させていただいている身として、全力で戦わなければなりません」

「うっ……」

決意が決まりまくったお姉さまたちの言葉に、たじたじのお嬢様。

助けを求めるようにミア様の方を向きますが、彼女はふるふると頭を振って、悲しそうに言ったのでした。

「お嬢様。ローマンは、あまりに深く切り込みすぎました。こうなっては、もはや誰にも止めることはできません」

「～～っ……！」

すると、お嬢様は顔を赤く染めて泣きそうな顔をし。ギロッと私たちの方を睨んで、こう叫んだのでした。

「なによ、せっかく言ってあげてるのに！　バカ、バカ、バカメイドたち！　あんたたちなんか、全員仕事を失っちゃえばいいんだわ！　バカ、バーカ！」

そのまま、廊下をずんずんと行ってしまうお嬢様。

そして、残されたミア様は、私たちに深々と頭を下げ、こうおっしゃってくださいました。

「このようなことになり、申し訳ありません、メイドの皆様。なにもできませんが、ご武運をお祈りいたします」

そして、彼女は私の方を見て、目で「すまない」と伝え、お嬢様の後を追っていったのでした。

「……さて。このような結果になりましたが……おまえたち、勝算はあるのですか」

ようやく私たちだけになり、落ち着きが戻ってくると、メイド長が心配そうに言います。

そして冷静を取り戻したお姉さまたちも、少し困った顔をしながら口を開きました。

「勝負は、せざるをえませんでした。ですが、相手は最高級のシェフ。普通では、勝てないでしょうね……」

「ええ、普通では」

そう言いつつ、やがて、どこか期待するような視線が私の方に集まってきます。

ええ。ええ。わかっております、お姉さま方。

今回の騒動、元々の発端は私。お姉さま方は、私をかばってくださったのです。

ならば、そのご恩に報いなければ。

それに……私だって、許せない。

お姉さま方の、お菓子にかける情熱を。

そして、脈々と受け継がれてきた、おやつメイドの誇りを。

……それを、偽物だなんて。

言わせたままには、できません！

なので、私はスカートの裾《すそ》をつまみ、深々と一礼しながら、こう告げたのでございました。

「お任せください、お姉さま方。——私に、秘策がございます」

そう言ったとたん、お姉さまたちから、わっと歓声が上がりました。

「さすがシャーリィ！　あなたなら、きっとアイデアを持ってると思ったわ！」

「さあ、今日からシャーリィを中心に頑張るわよ！　目にもの見せてやりましょう！」

一斉に盛り上がるお姉さまたち。

それを、私はニコニコ笑顔で見ていましたが。

そこで、黙って様子を見ていたアンが、すっと私の顔を覗《のぞ》き込《こ》み、心配そうに言ったのです。

「シャーリィ……あなた、大丈夫なの？　手、震えてるわよ」

……しまった。隠したつもりでしたが、見破られました。

さすがアン。毎日毎日、ずっと一緒にいるだけあって、私のことはなんでもお見通しです。

ええ、まあ。そりゃ、不安ですもの。

だって、どこの女の子が、宮廷料理人と料理勝負することが決まって、平静でいられるでしょうか。

人生二度目でも関係ありません。怖い。

いえ、私自身が負けることよりも、もっとずっと怖いこと。

それは……負けたら、お姉さまたちに、とんでもない恥をかかせてしまうことでした。

でも……でも。

「大丈夫。大丈夫よ、アン……私、やってみせる！」

ふん、と気合いを入れて、弱気を吹き飛ばします。

怖がったり落ち込んだりすることなんて、後でいくらでもできます。

今は、ただ自分の「美味しい」を信じて前に進むしかありません。

だって、それだけが私の取り柄なんですから！

そして、そんな気合いを入れている私の元に、クリスティーナお姉さまが来て、こうおっしゃったのでした。

「シャーリィ、ごめんなさい。結局あなたに重いものを背負わせてしまったわね……。でも、責任は私が取るわ。だから、お願い。一緒にやってちょうだい」

「お姉さま……」

その瞳からは、私に対する申し訳なさと、そして信頼が読み取れました。

そして、隣に並んだメイド長もこうおっしゃいます。

「万が一の時は、私の進退にかけてどうにかします。おまえは、おまえの思うように、おぼっちゃまに最高のランチをお出ししなさい」

そう言うメイド長の目にも、ほのかな期待が見て取れました。

そう、そのとおり。大事なのは、勝負に勝つ以上に、食べていただくおぼっちゃまに最高のものをお出しすることです。

それだけは、ブレてはいけない私たちの思い。その上で、こいつなら、もしかしたら。

メイド長はきっと、そう思ってらっしゃるのでしょう。

ええ、ええ。やってみせますとも。

私を育ててくれたお姉さまと、ここに連れてきてくれた、メイド長の信頼に応《こた》えるためにも！

そして、私は元気よく言ったのでした。

「メイド長！　最高のランチのために、用意していただきたいものがあります！」

「いいでしょう。できうる限り便宜を図《はか》りましょう。なにが必要なのですか」

「はい！　実は、こういうものが必要で……」

私がそれに関する話をすると、メイド長は最初ビックリした顔をしましたが、最後には許可してくださいました。

さあ待っていてください、おぼっちゃま、そしてお嬢様。

この私が。今まで味わったこともないような、素晴らしい昼食をご用意してみせましょう。

◆　◆　◆

「……とは、言ったものの。やっぱり、不安だわ……」

なんて、奮起したはいいものの。

それから数日が経《た》った昼休みの時間に、私は自室で休憩しながら、そうつぶやいてしまったのでした。

こちらが目指す方向はすでに決まっていて、それはいいのです。

ですが、肝心の相手に関する情報が一切《いっさい》ないのが問題なのでした。

なにしろ相手は宮廷料理人。

味が知りたいのでちょっと試食させてください、なんて気軽に言うわけにもいきません。

ですが、実態のわからない相手を追いかけるのは、なかなかにキツいこと。

考えれば考えるほど、頭の中で相手の料理がどんどん勝手にグレードアップしていき、その背中が見えなくなってゆく。

私たちは、本当にこれでいいのかしら……なんて、不安にさいなまれる日々でございます。

「せめて、どんなものを出しているのか知りたい……。こうなったら、厨房《ちゅうぼう》に侵入して盗み食いしてやろうかしら」

なんて、ろくでもないことを思いついてしまう私。

すると、なんだかそれが凄く良いことに思えてきて、本当に実行に移そうか悩み始めた時。

突然、部屋にノックの音が響いて、私は思わず飛び上がってしまいました。

「ひゃっ⁉　はっ、はい⁉」

まさか思考を読まれて、未然に犯行を防ぐため誰かが来たのかしら、なんて馬鹿なことを考えながら扉を開ける私。

するとそこには、銀色のトレイを手にした、執事服のダンディなおじさまが立っていたのでした。

「どうも、休憩中に失礼。君がメイドのシャーリィだね？　実は、ある方の指示で、これをお持ちした」

見事な白髪と白いヒゲを完璧に整えたその方は、私の知っている方でした。

確か、おぼっちゃま付きの執事さんたちの中でも特に偉い、執事長さんです。

役職的には、メイド長よりさらに位が高いはず。そんな方が、どうして私の部屋に？

疑問に思っていると、彼は堂に入った仕草で、私にトレイを差し出しました。

何事かわからぬまま、条件反射でトレイを受け取り。私は、その上に載っているものを見てびっくりしてしまいます。

「うわあ、豪華な料理……！」

そこにあったのは、皿の上に華麗に盛られた肉料理に、透き通るようなスープ、こんがりパンに大きなエビの炒《いた》めもの。

高級レストランで出てきそうな見事な品々に、思わず目をキラキラさせてしまいますが、そこではたと気づきました。

「あのう……これって、もしかして……？」

と、私が上目遣《うわめづか》いで尋ねると、執事長さんはこっくりとうなずき。

声をひそめて、こうおっしゃったのでした。

「ランチシェフの、ローマンが作ったものだよ。お客様にお出しするからと、少々嘘《うそ》をついて作らせた。……内緒だよ」

なんと！　これが、知りたいと願っていたローマンさんのランチ⁉

まさに渡りに船で、ありがたい限りなのですが、でもどうしてこんなことを？

と、私が目で問いかけると、執事長さんはニコリと穏やかに微笑んで続けます。

「実は、アシュリーお嬢様の付き人である、ミア嬢に頼まれたんだ。きっと困っているはずだから、せめて目標を明確にしてあげて欲しい、と」

「……ミアさん……！」

ミアさん……。なんて……なんて、良い人なんでしょう！

きっと私たちに気を遣って、手を回してくださったのでしょう。

手伝えない代わりに、せめても、と。

「ありがとうございます……本当に、ありがとうございます！」

トレイを掲《かか》げるようにして、できうる限り頭を下げます。本当に、本当に頭が上がりません。

ミアさんにも、この方にも。

すると、執事長さんは、おほん、と咳払《せきばら》いを一つして、こんなことをおっしゃってくださったのでした。

「これは、ここだけの話なんだが。……君がおやつを出すようになってから、ウィリアム様は毎日とてもご機嫌だ。あの方がお生まれになった時から仕えている私が言うのだから、間違いない。感謝するのはこちらの方さ。だからどうか、勝負に勝って、これからもおぼっちゃまを笑顔にして差し上げておくれ」

そして、チャーミングなウィンクを一つ。ああ……この人、凄く良い人だ。

こんな良い人が、毎日おぼっちゃまについていてくださっているなんて。なんだか私まで嬉《うれ》しくなってしまいます。

だから私は、「はい！　お任せください！」と元気にお応えしたのでした。

そして、去っていく執事長さんに頭を下げて見送り。

やがて、その背中が廊下の向こうに見えなくなった、その瞬間。

私は、勢いよく扉を閉めて、トレイを抱えテーブルに一直線。

わたわたと皿を一面に並べ、もう一度、その凄すぎる料理たちを見下ろしたのでした。

「うわあっ、凄いっ……凄い、凄い！」

それは、まさに一皿の芸術。器の上に考え抜かれて配置された、色とりどりの料理たち。

前世の世界のフランス料理のように、見た目まで配慮された見事な品に、思わずよだれが出てきます。

「ああっ、そういえば前世では、滅多にフランス料理のお店になんて行けなかったのよねえええっ……！」

思い出して、歯噛《はが》みしてしまいます。私は、庶民的な料理も、お高い料理も大好きです。ですが前世では、さほど生活が豊かでなかったせいで、美食巡りとはなかなかいかなかったのでした。

ああ、あのお店に行きたかった、このお店も行きたかった。

そんな無念で胸いっぱい。ですが、今それは横に置いておきましょう。

だって、今、私の目の前には華麗なる宮廷料理が並んでいるんですもの！

……まあ、これを作ったのがあの嫌味ヒゲのローマンさんというのは、アレですけども。

「ああっ、もう我慢できない！　いただきまーす！」

目的も忘れて、私は椅子に座り、満面の笑みでナイフとフォークを手にします。

どうせ試食でお腹《なか》いっぱいになるから、とお昼を抜いていたのが功を奏しました。

まずは当然、肉でしょう！　と、焼き目を見ただけでご飯が進みそうなお肉にナイフを通します。

すると、すっ、と刃が沈んでゆき、中になるほど赤みが残った、見事な断面が姿を現しました。

ふわあああっ、となりながらも、フォークを突き刺し、お肉を口へと。

すると、噛《か》んだ瞬間肉のうま味が大爆発して、私の口内を暴《あば》れまわったのでした。

「……うんまあああああい!!」

美味しい。美味しい！　つい、あられもない声を上げてしまうほどです。

おそらくオーブンでじっくりと焼いて、うま味を閉じ込めたのであろうそれは、本当に最高の焼き加減なのです！

外のカリッとした焼き目の食感と、中の赤い部分が抱きかかえた美味しい肉汁が互いを高め合い、私の脳天を突き抜け、どこまでも駆け上がってゆく。

ああっ、凄いっ……凄い！　美味しすぎる！

「ほっ、他のもっ……他のも食べないと！」

わたわたと慌てながら、他のお皿にも手を付ける私。

テーブルマナー的には完全アウトでしょうが、それどころではありません。

「凄い、凄いわっ……どれもこれも、焼き加減が絶妙！　これが、一流シェフの技……！」

ひとしきり口にして、感動してしまいます。

本当に、肉でもエビでも調理が素晴らしく、どれもこれも食材の良さが引き出されまくっているのでした。

なるほど、理解しました。

どうやらローマンシェフは、焼き料理の名人なようです。

そもそも人類とは、ずっとずっと食材を焼き続けてきた生き物。

焼き料理に関しては、どの時代でも必ず名人と呼べる人がいたでしょうし、おそらくローマンさんもその一人なのでしょう。

そして食後に残るのは、溢《あふ》れんばかりの幸福感。

ですが、同時に絶望感も感じてしまいます。

これが、私の対戦相手……こんな本格的な腕を持つシェフと、私たちは勝負しなくちゃいけないんだ！

なるほど自信があるわけだ、と、一気に不安感に襲われる私。

ですが……そこで、ふと私は、ある違和感に気づいたのでした。

「あれ……？　これ、もしかして」

ナイフとフォークを置き、そしてお皿の上にそっと指を落とす私。

そして、その指を（お下品なのは自覚しつつも）ぺろりと舐めて……。

そして、私は、こうつぶやいたのでした。

「……これなら。もしかしたら――勝てる、かも」

◆　◆　◆

そして、またたく間に、一ヵ月が過ぎたのでした。

今日はついに、ローマンさんとの勝負の日。

王宮内にある、王族専用の広いダイニングルーム。

華麗な家具や装飾で飾り立てられたそこに、ローマンさん率いるシェフ軍団と、私たちメイドが集まっていました。

そして、隅にはメイド長と執事長さんのお姿も。

役者は揃《そろ》い、後はおぼっちゃまたちを待つだけでございます。

「ふん。途中で謝ってくるものとばかり思っていたが、本気で勝負をするつもりとはな。いやはや、貴様らの愚かさには、心底驚くわい。そこまでして負けたいのか？」

と、自慢げにヒゲを撫《な》でながら、さっそく嫌味を飛ばしてくるローマンさん。

それに連なる王宮シェフの皆様も、勝ちを確信した様子でニヤニヤと笑みを浮かべています。

「随分と自信満々ですね。今日のために、そんなに凄くて新しい料理を用意してきたのですか？」

「はあ？　馬鹿か貴様。なんで貴様らごときを相手にするのに、新しいものなど用意せねばならん。ワシはいつも最高の昼食をお出ししている。それを変える必要がどこにある！」

私が尋ねると、そう答え、そしてローマンさんはくっくっと笑い声を上げました。

「ワシらがこの一ヵ月で練習したのは、お菓子よ。なにしろ、今日から貴様らに代わって、ウィリアム様のおやつを担当せねばならんからなあ。だが安心せい、ちゃあんと最高のものを用意した。貴様らは安心して掃除に戻っていいぞ！」

それに合わせるようにして、シェフの皆さんがハハハと嘲り笑いを上げます。

それを聞いたメイドの皆は、ギリギリと歯ぎしり。目にもの見せてくれる、と怒りの炎を燃え上がらせるのでした。

どうやらシェフの皆さんは、もう完全に勝ったつもりのようです。

ですが、私が尊敬するある人は、こんな言葉を残しています。

いわく――『相手が勝ち誇ったとき、そいつはすでに敗北している』と。

……まあ、漫画の話ですけど。

ですが、相手の料理がこの一ヵ月で変化していないのなら、それはとってもありがたい話。

相手が動いていないのなら、追いかける私たちと距離が縮まるのは自然の摂理。

私たちのこの一ヵ月が、どれほどのものだったか。

それを、今からご覧に入れましょう。

「ウィリアム殿下が、お出《い》でになります！」

そこで執事さんがそう声を上げ、うやうやしく扉を開きます。

一斉に頭《こうべ》を垂《た》れる私たち。

それでもそっと顔を上げて覗《のぞ》き見ると、扉の向こうには、朝の仕事を終えてややお疲れ顔のおぼっちゃまと、不機嫌そうなアシュリーお嬢様、そしてお付きのミア様のお姿がありました。

「おお。今日はなにやら特別な催《もよお》しを用意したとは聞いておったが、随分と集まっておるではないか。まさか、メイドの皆までおるとは」

そこで、私たちの存在に気がついたおぼっちゃまの顔が、ぱあっと晴れやかに。

食べることが大好きなおぼっちゃまですから、食に関する催しは大歓迎といったところでございましょう。

まあ、こちらはそれどころではないのですけれどもねっ。

「はい、ウィリアム様！　今日は、私どもシェフとメイドたち、双方が作ったランチの食べ比べをしていただきたく存じ上げます！　ウィリアム様に仕える者同士の、交流のようなものでして、はい！」

おぼっちゃまにペコペコしながら、ローマンさんがへりくだって説明を入れます。

そう、表向きはそういうことになっていました。

「おやつタイムをかけた勝負だ、などと言うと、ウィリアム殿下が貴様らの肩を持つかもしれん」

なんて、ローマンさんが言い出したせいです。

「ほうほう、食べ比べとな。それはまた楽しそうだ。さて、だがメイドの者たちには、慣れぬ状況であろうが……」

と、言いつつも、おぼっちゃまがすっと期待の籠もった視線を私の方に向けてまいります。

なので、私はニッコリと微笑んでお応《こた》えしました。

「はい、おぼっちゃま。今回のランチは、私が発案させていただき、メイド一同で最高のものを仕上げてまいりました。かつて味わったことのないランチをお約束しますわ、ご期待ください！」

すると、それを聞いたおぼっちゃまの目が、とたんにキラキラと輝き出したのでございます。

「そうか！　そうか、シャーリィの考えたランチか！　それは俄然《がぜん》、楽しみになってきたな！　うむ、良い！」

そして、そのまま楽しそうに席へと着くおぼっちゃま。

それに続きながらも、お嬢様がぶすっとした顔でおっしゃいます。

「ふん。味わったこともないほど、不味《まず》いランチじゃなきゃいいけどね……！」

どうやら、まだご機嫌斜めなご様子。

そして、お嬢様は席につきながら、そのまま小さな声で、ブツブツと何事かをつぶやき始めたのです。

「あんたらがクビになったら、パンケーキやチョコにアイスが食べられなくなっちゃうじゃないのよ！　もう、バカ、バカメイド！　毎回楽しみにしてたのに……！」

それはよく聞き取れませんでしたが、多分お嬢様なりに私たちのことを心配してくれているのだと思います。

おそらく、私たちが負けると思っているのでしょう。

でも、お嬢様。まだ勝負は始まってすらいませんよ。

そう、勝負とは、土俵に上がるまでわからないものなのでございます。

「では、さっそく始めましょう！　さあさあ、まずは私どものランチです。いつもどおり、最高級の食材を使って、最高のシェフが腕を振るいました！　どうぞ、心ゆくまでお楽しみください！」

ローマンさんがそう言うと、シェフたちがワゴンを押して、一斉に料理を運んでいきます。

普段こういう仕事は執事の皆様が行なっているのですが、今回は状況が状況ですので、当事者たちで行なうことになったのです。

そうして、次から次へとおぼっちゃま、お嬢様の前に並べられる料理の、豪華なことときたら！

完璧に焼き上がった子羊のソテーに、見ただけでぷりぷり食感が伝わってくるエビのフリッター、透き通るような貝のスープに、かぐわしき白身魚のムニエル。

ええっ、ランチでこんな贅沢《ぜいたく》を⁉　と、思わず叫びたくなるような素晴らしいメニューが、次から次へと出るわ出るわ。

私が前に口にしたもの以外にも、実に豪華な料理が山盛りでございました。

そして、静かにそれを召し上がり始めた、おぼっちゃまとお嬢様の、見事なテーブルマナー！

おやつタイムには、いつもマイペースに、わしわしとおやつを召し上がるおぼっちゃま。

ですが、今は一分《いちぶ》の隙《すき》もない優雅さでナイフとフォークを巧《たく》みに操り、芸術的に食べ進めていきます。

それもそのはず、王族や貴族の皆様にとって、食事とは技術のひとつ。

誰かと食事を共にすることは、大事な公務の一環なのでございます。

その場で情けない仕草をする者は、格下と見られ、侮蔑の対象となってしまう。

それゆえ、幼少の折より徹底的にテーブルマナーを仕込まれるものなのだとか。

そしてその横に並ぶお嬢様も、当然のごとく一皿一皿を美しく召し上がってゆく。

さすがは大貴族のご令嬢、その仕草はまるで華麗なる演奏のよう。

そして、彼女は穏やかな表情でこうおっしゃったのです。

「うん、さすがローマンね。相変わらず、素晴らしいランチだわ。ねえ、ウィリアム様」

「うむ、そうだな。さすが我が王宮のシェフだ」

口々に料理を褒めるお二人。

それを聞いたローマンさんは、ビシッ！　と、深く頭を下げて言いました。

「ははあっ、ありがたき幸せ！　このローマン、毎日毎時、厨房を預かる身として最善を尽くしております っ!!」

そして、頭を下げたままローマンさんがこちらをチラリ。

すると、そのお顔は……これがもう、びっくりするほど、にやけていたのでした。

「ふん、どうだメイドども。これが本物のシェフの腕前だ。貴様らに、こんな真似《まね》ができるか？

ん？　ウィリアム様のお口を汚す前に降参せえ、馬鹿者が」

……口でこちらの戦意を失わせる作戦ですか。本当に、わかりやすい人だなあ。

しかし、なんとこれが効果てきめん。

大いに怯んだメイドの皆は、ひそひそと心配そうな声を上げ始めたのでした。

「ほ、本当に大丈夫なのかしら、あんな料理で……」

「わっ、私たち、何か間違ってたんじゃ……」

「は、恥をかくことになったりしない？　ねえ」

それは、これからお出しする私たちのランチを不安視する声でした。

ううっ、そう言われると、責任者である私も不安になってきます。

本当に……本当に、あんな豪華なランチに対抗できるのでしょうか。

ですが。そんな空気を断ち切るように、クリスティーナお姉さまが声を上げました。

「みんな、出す前からそんな調子でどうするの。私たちのこの一ヵ月を、努力の時間を信じなさい。私たちは最善を尽くしたわ」

「っ……。そうですよね、お姉さま！　大丈夫、私たち頑張りましたもの！」

ぱっと表情を明るくして、皆でうなずき合います。

そうです、私たちが、私たちの料理を信じないでどうしますか。

それにもう、調理は終わっているのです。後は、信じて出すだけです！

その時、ふと心配そうなミア様と目が合い、私はコクリとうなずきました。

大丈夫。ミア様の心遣いは確かに受け取っています。

それを元に、私たちは今日まで用意を進めてきたのですから。

「うむ。堪能《たんのう》した。では、メイドたちのものをいただこう」

シェフたちの作った料理をひとしきり味わい、おぼっちゃまが改めておっしゃいました。

その目には、らんらんと期待が輝いています。

お任せください、おぼっちゃま。そのご期待に、応えてみせますとも。

私たちは、ワゴンを押していざ出陣とばかりに進み出て、テーブルの上に料理を並べていきます。

しかし……それを見た、おぼっちゃまにお嬢様、それにローマンさんたちシェフ。

全員が、驚きの表情を浮かべ。

そして、呆気《あっけ》にとられている皆様に、私は深く頭を下げ。

元気よく、その料理の名を告げたのでした。

「お待たせしました。こちらが、私たちのご用意した、新時代のランチ。異国から伝わりし、最新の味わい——その名も、『ハンバーガーセット』にございます！」

◆第五章◆　素敵なお昼のハンバーガーセット

新時代のランチ、ハンバーガーセット。

私がそう告げた後、ダイニングには沈黙が広がりました。

ですが。やがて、真顔だったローマンさんがゆっくりと口元に笑みを浮かべ。

そして、ついに大声で笑い出したのでございます。

「くっ、くくく……くっくっく……ハーハッハッハ！　なんと、これはたまげた！　貴様らに、まともなランチなぞ作れんとは思っていたが……まさかこれほどとは！」

そして、ローマンさんは私たちが並べた皿の上のそれ……パンに肉などの具材を挟んだ料理、ハンバーガーを睨《にら》みつけて続けます。

「なんだ、この下品な料理は！　パンに肉を挟んだだけの、原始的な料理！　信じられん！　こんなものを、おぼっちゃまのランチにお出しするなど……正気か貴様ら！　それに、そちらのそれ！」

そう言うローマンさんの視線の先には、皿に山ほど盛られたフライドポテトが。

「まさか、芋を揚げただけのものか⁉　くだらん、くだらんぞ！　なんでも揚げればいい、などという料理人は一番下賤《げせん》なのだ！　このメイドどもめ、本当に常識のない！」

どうやら庶民には馴染《なじ》みのない揚げたお芋も、シェフにとってはとっくに知っている代物《しろもの》だったようです。

そのままローマンさんはズカズカと進み出ると、おぼっちゃまたちに一礼し、こう言ったのでした。

「これではあまりに貧相、あまりに粗末！　華麗なる王宮に、ましてや王族たるウィリアム様に相応《ふさわ》しい食べ物ではございませぬ！　このようなものしか用意できぬ者どもに、ランチを出させたのはこのワシの不徳。今すぐ片付けさせますゆえ、どうぞお忘れくだされ！」

勝負あった、とでも言いたげなローマンさん。

自分の、最高級の技術が輝くランチとこんなものを比べられたくもない、とその顔には書いてありました。

ですが……どうやら、気づいていないようですね。

そう、並べられた、ハンバーガー、フライドポテト、チキンナゲット、フライドチキンにホットドッグ。

そんな、ハンバーガーショップ・オールスターズとでも言うべき料理の数々を見つめる、おぼっちゃまの瞳が。

キラキラと、まばゆく輝いていることに！

「おおーっ……！」

その料理の群れを見渡したおぼっちゃまが、感動の声を上げます。

そして、鼻をヒクヒク、ジャンキーな香りをひとしきり楽しんだ後には、その口元からわずかによだれが。

慌てて私が拭《ぬぐ》うと、おぼっちゃまはこちらを見上げて、こうおっしゃいました。

「シャーリィよ！　余は、これらの料理の食べ方を、経験したことがない。これは、どれから食べるのがマナーだ？」

「はい、おぼっちゃま！　このランチのメインは、こちら、ハンバーガーにございます！　残りは、全てそれを取り巻くサイドメニュー。まずは、包んである布ごと手で取って、ハンバーガーをお召し上がりくださいませ！」

「なんと！　異国では、メインから食べるものなのか。よし、承知した！」

そう言って、紙の代わりに綺麗《きれい》な布で包んだ大きなハンバーガーを手に取り、お肉と多数の食材が挟まれたそれを、まず目で楽しむおぼっちゃま。

厚みあるビーフパティと、トロけたチーズにカリカリベーコン。さらに、綺麗に焼けたふかふかバンズ。

手の中で、触感としても味わえるそれをおぼっちゃまが口に運ぼうとすると、ローマンさんが慌てた様子で声を上げました。

「おっ、お待ちください、ウィリアム様！　本当に、そんなものを食べるおつもりですか⁉　王子様ともあろう方が、そんな下劣なもの……！」

そして、彼は私の方をギロリと睨むと、こう続けたのです。

「そもそも、なんだこの料理は、手づかみで食うなど！　先ほどの食事風景を見たであろう、あれこそが貴き方の正当なるお食事風景なのだぞ！　それを、野蛮人でもあるまいし、ありえんぞ貴様！」

どうやらローマンさんは、手づかみが気に入らない様子。

しかしそこで、おぼっちゃまがふふんと笑っておっしゃいました。

「何を言っておる、ローマン。はるか東方の王宮では、手で温度を感じながら食べることこそが一番美味《おい》しい食べ方とされ、マナーでもあるそうだぞ。まさか、貴様ともあろう者が、知らぬのか」

「ぬうっ⁉」

以前、私が吹き込んだでまかせを、おぼっちゃまが得意げに披露すると、ローマンさんはそれに声を上げてたじたじ。

そして、キョロキョロと周囲の反応をうかがった後、冷や汗をかきながらこう言ったのでした。

「もっ、もちろん知っておりますとも！　国によって、マナーは千差万別。よっ、世の中には、御手でお食事なさる王族もいらっしゃるらしいですな、はっ、ハハハハ……！」

うーん、このおじさんも大概チョロい。ですが、これで邪魔はなくなりました。

もういいか？　と、目で確認した後。ようやくとばかりに、おぼっちゃまはハンバーガーにがぶりと食いつき、そして。

予想どおり……いいえ、それ以上の反応をしてくださったのでした。

「……なんだ、これは……。お……美味しいっ……！　最高に、美味しいぞ‼」

はい。最高に美味しい、いただきました！

きっと……きっと、そう言ってくださると信じていました。

ええ、おぼっちゃま。ハンバーガーって、とっても美味しいですよねっっ!!

「見た目で単純な料理かと思ったが、これはただパンで肉を挟んだだけのものではないぞ！　口の中でいくつもの味が混ざり合って、複雑怪奇、それでいてまとまりがあり、恐ろしく美味《うま》い！　余の口に、これ以上ないぐらい合うではないか！」

「んなっ⁉」

黙々と食事を楽しんでらっしゃった先ほどとは違い、大きな笑みを浮かべながら、嬉《うれ》しそうに感想を口にしてくださるおぼっちゃま。

それを聞いたローマンさんは、あんぐりと口を開けて驚愕《きょうがく》の表情を浮かべます。

「やった、やったわっ……！　通用してるわ、ハンバーガー……！」

「そうよね、私たちもこれ以上ないってぐらい、美味しくできたと思ったもの！　そうよ、やっぱりハンバーガーは美味しいんだわっ！」

後ろで、お姉さまたちがひっそりと、ただし喜びを隠しきれない様子で声を上げます。

ええ、ええ、そうですとも。

だって、このハンバーガーは、私たち全員の力を結集した傑作ですもの！

◆　◆　◆

まず、ハンバーガーを完成させるにあたって、私たちは役割分担をすることにしました。

それぞれの班にハンバーガーの各部位について解説し、そこだけを最上に仕上げられるよう、練習と研究をお願いしたのです。

バンズは、クリスティーナお姉さまの一班に。

最初に歯が当たるバンズは、硬すぎず、柔《やわ》らかすぎず、味を主張しすぎず、それでいて味わい深く。

肉に合い、ソースと肉汁を受け止め、後味も良《い》い。なんてなんて、とにかく注文が多い部位なのでございました。

それを、お姉さまたちの一班は、他班と連携を取りながら、ものの見事に作り上げてくださったのでございます。

出来上がったバンズは、外側は確かな食感を持っているにもかかわらず、内側はふかふかまったり。

手で摑《つか》んでもしっかり形を保ち、だけど嚙《か》みしめると歯を優しく受け止めてくれ、そしてその通過を邪魔しない柔らかさ。

炭でさっと炙《あぶ》って、香ばしさも加えたそれは、ハンバーガーに使うものとして最高の出来でございました。

そして、ビーフパティはクラーラお姉さまの二班に。

実家が牧場も経営しているとかで、実はお菓子より肉料理の方が馴染み深いという、クラーラお姉さま。

パティの作り方をレクチャーすると、王宮に入ってくる最高級の牛肉を見事に仕込み、うま味満点な最高のものを作ってくれたのでした。

炭で焼いてしっかり焼き目をつけた、厚みのあるパティは、噛むとじゅわりと肉汁があふれる、主役として申し分のない出来。

塩コショウやナツメグなど、最低限の味付けに抑えたとは思えないほど、ハンバーガーの中で存在感を放ってくれています。

そしてチーズは、得意分野だというエイヴリルお姉さまの三班にお願いしました。

エルドリアは酪農《らくのう》が盛んで、チーズの種類も山のよう。

全て把握するだけでもとてつもない時間がかかるのですが、お姉さまはその中から、ハンバーガーに最適なものを選び出して、さらにブレンドしてくださったのでした。

そんなチーズは、わずかな熱でとろけるものの、しっかりとした味わいを残し、個性を発揮しながらもバンズとパティを応援する縁の下の力持ち。

味に深みを与えてくれ、そのとろみが口の中で混ざり合い、噛む楽しさを増幅させてくれています。

そんな素敵な食材で、手間ひまかけて作ったハンバーガー。

前世の世界で作ったら、どれほどの値段になるのか、考えたくもありません。

ああ、さんざん試食しましたが、おぼっちゃまが美味しそうに食べているのを見ると、もうたまりません。

ううっ、私もここで一緒にハンバーガーを食べたい！

なんて私がもだえていると、そこでふと、おぼっちゃまがおっしゃいました。

「のう、シャーリィよ。メインの後は、どういう順番で食べるのが正解なのだ？」

その視線の先には、サイドメニューであるポテトたちが。

どうしてそういう質問が来るのかと言うと、王宮のお食事は、基本的に順番が決まっているからなのです。

先ほどのローマンさんの料理も、一皿一皿順番に召し上がってらっしゃいました。

同時にいくつもの皿を行き来するのは、エルドリア王宮ではアンチマナーなのです。

ですが。私が今日お出ししたのは、ハンバーガーセットなのですから、お返事は決まっています。

「おぼっちゃま、このお料理は、いろんなものを一緒に食べるスタイルなのでございますわ！　全ては、ハンバーガーの合間に召し上がるためのもの。食べたくなったタイミングで、自由に手をお伸ばしください！　ただ、最初なら、私のおすすめはこちらのフライドポテトでございます！」

そう答えると、おぼっちゃまは少し考えた後、ニンマリと微笑《ほほえ》み。

「わかった！」と言いながら、ポテトに手を伸ばしてくれたのでした。

「ああああっ、そんな、油料理を手づかみなどっ……。ああ、ああ、完璧なマナーを身に付けてらっしゃるウィリアム様が、そのようなっ……！」

後ろから、またローマンさんの悲鳴が聞こえてきますが、関係ありません。

ポテトは、熱々を手づかみで食べるのが最高なのでございます。

ひときわ大きなフライドポテトを手に取ったおぼっちゃまは、ニコニコ笑顔でそれを頬張り。そして、またもや目を輝かせたのでございます。

「おっ、美味しいっ……。なんだ、これはっ……。ただの芋ではないのか？　外はカリカリしておるのに、中はホクホクと美味しさが詰まっておるっ……。凄《すご》く美味しい！」

それを聞いたとたん、隣でアンがぎゅっと拳《こぶし》を握りしめ、つぶやくのが聞こえました。

「やった、やったわ……！」

喜びを隠しきれないアン。それもそのはず、今回、揚げ物はアンが主に担当してくれたのです。

最近気づいたのですが、アンは揚げ物が凄く上手で、任せればなんでも絶妙に揚げてくれるのでした。

それに、今回のポテトは特別製。

ただ芋を揚げたのではなく、一度マッシュポテトにし、それを成形して揚げるという手間ひまかかったものなのでした。

すでに火が通っていてホクホクなので、油で長々と揚げる必要はなし。

高温の油で外側をカリッとさせたらすぐに上げてあるので、ちっともしつこくありません。

また、マッシュポテトの段階で味付けしてあるので、塩がかたよってしょっぱかったり味が薄かったりなんて心配もなし。

安心してワシワシ食べられる、最高のポテトなのでございます！

「うむ、これはたまらん、次から次へと食べたくなる……。しかも、ポテトを味わった後だと、ハンバーガーもまた違った味わいに感じる。なるほど、こうして食べるスタイルというわけか！」

「はい、そのとおりですわ、おぼっちゃま！　いろんなものを好きに食べて、気ままに味巡りをする。それが、ハンバーガーセットの醍醐味《だいごみ》なのでございます！」

私がそう言う間にも、おぼっちゃまは次から次へとポテトをお口に。

相当気に入っていただけたようで、その食べっぷりはさながら嵐のごとしでございます。

そして。

呆気《あっけ》にとられた様子でそれを見ていたアシュリーお嬢様も、やがてゴクリと喉を鳴らし。

そして、ついに自分の分に手を伸ばしてくださったのでした。

「しょ、しょうがないわね、私も食べるぐらいはしてあげるわ……って、あれ？　……ね、ねえ、メイド」

「はい、なんでございましょう、お嬢様」

なにか手違いがあったかしら、と慌ててお側《そば》に行くと。お嬢様は、自分のハンバーガーを手にしたまま、困った顔をして言ったのでした。

「こ、これ、私の分。ウィリアム様のものと、なにか違わない？　手違いじゃないの？」

確かに、お嬢様が手にしているハンバーガーは、おぼっちゃまとは違う種類でした。

ですが、それはわざとしたこと。私はにっこり笑って、こう答えたのです。

「お嬢様。お嬢様は野菜もお好きだとお聞きしましたので、それらも挟ませていただきました」

そう、お嬢様のハンバーガーと、おぼっちゃまの物との違いは、野菜のあるなし。

野菜嫌いなおぼっちゃまの分は抜きましたが、私的にハンバーガーは、野菜がしっかり入ってる方が好みなのでした。

なのでお嬢様の分には、これでもかとそれらを盛らせていただいたのです。

その内容は、厚切りトマトにシャキシャキレタス、そしてたっぷりの刻みタマネギ。

それらが真《ま》っ赤《か》なミートソースやチーズと絡《から》まり、バンズの間からのぞく風景は、なかなかに暴力的。

そう、こちらのバーガーは、かのモ◯バーガーを参考にして作ったものなのでした。

「ああ、そういうこと。……ふ、ふん。じゃあ、一口だけ……」

そう言って、そっと大きなハンバーガーにかぶりつくお嬢様。

もしかしたらトマトに抵抗があるかな、と思いましたが、大丈夫だったようです。

そして、それをじっくりと噛みしめたとたん……その瞳が、キラキラと光を灯《とも》したのでした。

「っ…………！　ん〜〜っ……！」

口の中が幸せでたまらない、とばかりに声を上げるお嬢様。

あられもなく、椅子《いす》に座ったまま足をバタバタするそのお姿は、完全に、大好きな物を初めて食べた子供の姿でございました。

まあ、それはそうでしょう。

野菜好きのお子様が、このハンバーガーを食べたらそうなりますとも。

「なにこれ、おいっしい‼　パンもお肉も美味しいし、野菜がそれにすっごく合ってるわ！　この赤い野菜、大好きっ！　ほのかに何かが酸味を出してるのもいいし、それに、このソース、滅茶苦《めちゃく》茶《ちゃ》美味しいわ！」

たっぷり余韻を味わった後、大絶賛してくださるお嬢様。

やったぜ、と私は思わず手を握りしめてしまいますが。

そこで、ローマンさんが呆気にとられた様子で見ているのに気づいたお嬢様は、ハッと正気を取り戻したのでした。

「っ……。まっ、まあ、あくまで、あっくまで、まあまあだけどもねっ！　ふ、ふん。で、途中でお芋をいただくのがマナーだったかしら？」

そう言ってポテトに手を伸ばしたお嬢様は、一口食べるなり、また目をキラッキラに輝かせたのでございました。

ああ、わかりやすい。

ですが、そこでふと、おぼっちゃまがお嬢様の方を見ていることに気づきます。

どうなさいましたか、と私が尋ねると、おぼっちゃまは少し困った顔でおっしゃいました。

「シャーリィ。あの、野菜を挟んであるハンバーガーはそんなに美味しいのか」

……ああ、なるほど。そりゃ気になりますよね。

だって、お嬢様の分はおぼっちゃまの分とだいぶ違いますもの。

食いしん坊なら、当然気になります。

私だって、前世でレストランに行った時は、隣の人の食べているものが気になって仕方なかったですもの。

「はい、お野菜とのバランスも考えて調整してございますわ。……試してご覧になりますか？」

「…………」

ものの試しに聞いてみると、おぼっちゃまはしばし悩まれました。

ですがやがてふるふると首をふると、こうおっしゃったのです。

「いいや、今はいらぬ。余には余の分がある。野菜はいつかでよい」

そう言って、自分のハンバーガーに戻っていくおぼっちゃま。あら、残念。

でも、お野菜に興味が出てきたのは良いことです。

いつか、そのままの野菜を挟んだハンバーガーを、楽しんでいただけたらいいな。

なんてことを考えていると、そこで、おぼっちゃまはテーブルを見回し、こんなことをおっしゃったのでした。

「……おや、飲み物が見当たらぬな。シャーリィよ、お主、これに合わせた飲み物は用意しておらぬのか？」

「っ……」

その言葉を聞いた瞬間。

私は、自分の心臓がドクンと跳ねるのを感じました。

ああ……ですよね。ハンバーガーとポテトを食べていると、喉が渇きますよね。

もちろん……もちろんご用意してありますとも。

ですが、それを出すのにはかなりの勇気がいりました。

なので私は、部屋の隅で控えているメイド長に、すっと視線を送ります。

すると、メイド長はこっくりとうなずいて、私にGOサインを出したのでした。

「……はい、おぼっちゃま、もちろん最高のものをご用意しております！　今、お持ちしますね……！」

やや上《うわ》ずった声で答え、飲み物の入ったグラスをトレイに載せる私。

ああ……ついに、この時が来てしまった。

罪を犯す、この時が。

これを出すことは、本当はいけないこと。そうわかっていても、出さずにはいられません。

だって、ハンバーガーセットにはこれが必要だから……ううん、それは言い訳でしょう。

ハンバーガーは、今できる最高のものを用意できたと自負しています。

ですが……それだけで、本当にシェフの料理に対抗できるかはわかりません。

だから。

(勝ちたいっ……！　私は、どんな手を使ってでも……！)

勝つために、全てをなげうちます。

皆と、笑っておやつタイムを続けるために。

そのために、私は——黒い悪魔と、契約したのでした。

「おぼっちゃま、お待たせしました！」

そう言って、私はおぼっちゃまの目の前に、黒くて、シュワシュワと音を立てる奇妙な飲み物が入ったグラスを置き。

そして、震える声で、その名を告げたのでございました。

「こちら、コーラにございます……！」

◆
◆
◆

「……コー……ラ……？」

グラスに注《そそ》がれた、氷を避けるようにブクブクと泡を立てている、黒い液体。

それを見て、おぼっちゃまが不思議そうにその名を呼びます。

その目には好奇心が光っていましたが、しかし、隣に座るお嬢様はそれを見るなり完全にドン引きし、そして悲鳴のような声を上げたのでした。

「なっ、なによこれ！　真っ暗で、なにかブクブク上がってきていて、シュワシュワと変な音もして！　まるで、魔女の毒薬じゃない！」

魔女の毒薬。

なるほど、そう思うのも無理ないかもしれません。

なにも知らないで、老いた魔女がコーラの入った鍋をグルグル回してるのを見たら、ヒエッってなりますもんね。きっと。

ああ、でもこの誤解は解かねばなりません。

コーラに怪しきものなしとメイド長が確認済みですが、たこ焼きの一件のこともあります。

この世にまだないものをお出しする時には、細心の注意が必要だということを私は学習済み。

説明大事に！　と自分に言い聞かせながら、私は話し始めました。

「毒などではありませんわ！　こちらの飲み物は、炭酸水を使用した、炭酸飲料でございます！」

炭酸水。その名のとおり、炭酸ガスを含む水のことでございます。

炭酸飲料はそれに味付けなどを行《おこ》なったもので、飲むとシュワシュワ、お口を爽快にしてくれる大人気商品。

そんな炭酸飲料を大量生産するにあたっては、人工的に炭酸ガスを入れたりしていたらしいのですが。

残念ながら私はその方法に詳しくなく、自分で作るのは難しいことでした。

ですが、問題ありません。

なぜならば……炭酸水は、自然界にも存在するものだから。

そう。炭酸泉と呼ばれる場所では、なんと、ブクブクと天然の炭酸水が湧き出してくるのでございます！

日本でも、珍しいですが、炭酸の含まれた水や温泉が湧き出す場所があったのだとか。

そして、それに味付けしたものを炭酸泉サイダーとして売っていたそうにございます。

そんな炭酸水が、エルドリアの領土内にある山麓で湧いていることを知った私は、いつか手に入れたいと切望していて。

今回、晴れてメイド長に仕入れる許可をいただいたのでした。

「炭酸水……？　ああ……そういえば、聞いたことがあるわ。一部の地方の者は、ブクブク泡の出る地下水を飲んだりするって。でも、なんで真っ黒なわけ……？」

と、一度は理解を示しつつも、コーラの黒さに不安が隠せないご様子のお嬢様。

ですが、そんな流れを、おぼっちゃまが遮《さえぎ》りました。

「まあ、そのあたりはよいではないか。シャーリィの出すものが変わっておるのは、いつものこと。とにかく、これは美味しいのであろう？」

「はい、間違いなく」

ただ事実だけを答える私。そこから私の自信を読み取ったらしいおぼっちゃまは、ニヤリと笑うと、コーラに手を伸ばします。

ですが、そこでグラスに、金属製の丸くて長い筒がついていることに気づかれました。

「……なんだ、この奇妙なものは？　シャーリィ」

「はい、おぼっちゃま。そちらはストローにございます！」

ストロー。そう、チューッとすすってドリンクを飲む、あのストローでございます。

やはりハンバーガーセットのコーラには、ストローがついていなくてはいけません。

ですが、プラスチックのストローはさすがに用意できません。なので、今回私は鍛冶師のアントンさんにお願いして、なんと金属のストローを作ってもらったのでした。

前世の世界におけるストローの歴史は古く、古代では金属製のストローを使って、みんなで同じ壺《つぼ》のビールを呑《の》んだのだとか。

遺跡から、それが発掘されることもあったそうです。

ですが、このエルドリアにはそれが存在しませんでしたので、ならば私が広めちゃおうと。

そういう魂胆なのでございます！

「ストローに口をつけて、すーっと吸うと飲料が上がってきて、美味しく飲めますわ。私のおすすめでございます！」

「ほう。どれどれ……」

私がストローの使い方をレクチャーすると、おぼっちゃまは興味深げに口をつけ、すっと吸い上げました。

「あ、あんな不気味な飲み物を金属の筒で飲むなど、まるで意味がわからん……！　ふ、ふん。だがそんなもの、ただ奇抜なだけで、美味しいわけがない……！」

ひきつった顔でつぶやくローマンさん。

ですがおぼっちゃまは、そうしてしばらくコーラを味わった後。

くわっ、と目を見張り、信じられないとばかりに声を上げたのでした。

「……なんだこれは。馬鹿な……これは、ありえないぐらい、美味しい！　余は、こんな美味しい飲み物、飲んだことがないぞ！」

「んなっ⁉」

もう何度目かわからない驚きの声を漏《も》らすローマンさんをよそに、取り憑《つ》かれたようにストローに吸い付くおぼっちゃま。

そしてまたたく間にコーラを飲み干すと、私の方を見て「おかわり！」と叫んだのでした。

「はい、ただいま！」

そう応《こた》えて、次のコーラが入ったグラスを置くと、慌てて口をつけるおぼっちゃま。

そして、感極まった様子でおっしゃったのでございます。

「ううむ、シュワシュワとして、喉が気持ち良く、甘くていくらでも飲みたくなる……！　これは素晴らしい、素晴らしいぞ、シャーリィ！　最高の飲み物だ！」

大絶賛。大絶賛でございます！

おぼっちゃまは氷の入ったコーラをカラカラと鳴らしながら、本当に嬉しそう。

そして続いてハンバーガーにかぶりつき、ポテトを頬張り、そしてコーラ。

さらにハンバーガー、ポテト、コーラ。

どうやら、おぼっちゃまは早くもこの至福のトライアングルを、自分のものにしたようでございます。

「なるほど。味の強いハンバーガーと、油っぽいポテトの後にこれを飲むと、実に具合が良い。そのためのドリンクというわけか。本当に、不思議な味わいでくせになる。シャーリィ、コーラのこの味は、どうやって作っておる？」

「はい、おぼっちゃま。コーラは、何種類ものスパイスと、柑橘類《かんきつるい》を煮詰めて作ってございます！」

そう、コーラとはすなわち、カルダモンやシナモンなどのスパイスと、レモンやしょうがなどを砂糖と煮込み、できたコーラシロップを炭酸水で割ったもの。

爽《さわ》やかなのはなにも炭酸のおかげだけでなく、それらの効果も大きいのでした。

また、最初はちょっと不安だった金属製のストローですが、試してみたところ飲みにくいなんてことは全然なく。

むしろグラスの冷たさが伝わってきて、凄く良いものなのでございます。

さすがアントンさん、良い仕事をしてくださいます。

……ええ、まあ。私も、こっそり自分の分をいただきました。はい。

ま、それぐらいの役得はなくっちゃね！

「ね、ねえメイド……私の分は？」

最初は嫌そうにしていたお嬢様でしたが、おぼっちゃまがあまりに美味しそうに飲むので、羨《うらや》ましくなってしまったご様子。

なので、私は「はい、ただいま！」と応え、グラスをお出しします。

ですが、それを見たお嬢様が、また不思議そうにおっしゃいました。

「……また、ウィリアム様のものと違うのね」

「はい、お嬢様はブドウのジュースが好きだとお聞きしたので、そちらで作らせていただきました！」

そう、お嬢様にコーラはちょっときつすぎるかな、と思ったので、別のものを用意させていただいたのでございます。

ブドウで作ったジュースに、蜂蜜などを加え、炭酸水で割ったブドウの炭酸ジュース。

そう、それはまさにあれ……ズバリ、ファン○グレープなのでございます！

お子様大好き、ファン○グレープ！

お嬢様は「そ、そう、気が利《き》くわね」なんて言って、可愛《かわい》いお口でストローをちゅうっと吸い。

そして、一瞬驚いた顔をしたものの。そのまま、グラスの半分ぐらいまでを一気に飲んでしまわれたのでした。

「わっ……悪くないわね！　ふ、ふうん、こんな感じなんだ！」

お嬢様はグラスを大事そうに抱え、しげしげと見つめています。

どうやら、ハマったようですね。

ファン○グレープのその色合いも気に入ったのでしょう、ストローでカラカラと氷を回しながらなんとも嬉しそう。

ですが、私的にはここからが重要です。

私は何食わぬ顔でお嬢様の側に控え、その時を待ちました。

やがて、嬉しそうなお嬢様が「うっ」と声を漏らし、瞬間。

私は手にしていたハンカチを、さっとお嬢様の口元に添え、こう声を上げたのでございました。

「お嬢様、お口元を失礼いたします！」

そのまま、お嬢様の口元をふきふきする私。それは、ある現象を誰にも悟られないためでした。

そう……炭酸飲料を飲むと、出ますよね。げぷっ、てあれが。

それは宿命でありましたが、お嬢様のそれを、おぼっちゃまに聞かせるわけにはいきません。

恋する乙女《おとめ》にそんな恥をかかせるなんて、あってはならないこと。

初めて飲んだのなら、それが出るなんてわかりませんし。ですので、私が食い止めねばなりません。

口元を覆い、私の声で誰にも聞かせない作戦でしたが、どうやらうまくいきました。

すると私の意図に気づいたのか、お嬢様は赤い顔でこちらを向いて「あ、ありがと……」と小さくつぶやきます。

それに私は「めっそうもございません」と応え。続いて、シュバッとおぼっちゃまの口元を拭ったのでした。

（ふう……。炭酸飲料がうまくいってよかったわ）

お二人が楽しそうに食事を続けるのを見ながら、ほっと一安心。

美味しく作るのにかなり苦心しましたが、どうやらコーラは大成功です。

……いえ、成功してしまいました。

ああ。こうして私は、「お子様に炭酸飲料を教える」という、恐ろしい罪。

食における七つの大罪、その一つともいえる罪を犯してしまったのでございます。

ちなみに、他の大罪には、「人の唐揚げに勝手にレモンをかける」や、「なんにでもミルクを注ぐ」などがあります。

いや、しかしお二人とも実に良き食べっぷり。

先ほどまでの、貴人としての優雅なお食事とは大違いで、無心で楽しんでらっしゃいます。

ハンバーガーやポテトだけでなく、サイドメニューにもきゃいきゃい言いながら手を伸ばしてくださるお二人。

そこにいるのは、笑顔で食事を楽しむ、前世で見慣れた少年少女なのでした。

（ああ、やっぱりハンバーガーにして正解だったわっ……！）

そもそも、私がハンバーガーをお出ししようと思ったのは、前世で見たテレビの影響なのでした。

そこに映っていたのは、とある国に現代も残る、さる王室の王子様。

毎日高級店で食事ができる身分ですが、しかしなんと、彼の一番好きな食べ物はハンバーガーだというのです。

もちろんそれは、チェーン店ではなくお高い専門店のものでしょう。

ですが、それはハンバーガーというものが、それほどお子様の味覚にマッチしている食べ物だということの証明なのです。

私には、高級なフレンチなんて作れません。

料亭の芸術的な和食も、豪勢な中華料理も、私には作れません。

でも……かつて、私を幸せにしてくれた料理なら作れるのです。

家族と一緒に行ったハンバーガー屋での、素晴らしくも楽しいあの時間。

それを、お二人にも味わっていただけたなら。それはなにより最高のことでしょう。

そして、やがて、お二人がハンバーガーセットをぺろりと平らげた後。

緊張した面持《おもも》ちで、ジャクリーンがデザートを運んだのでした。

「こっ……こちら、デザートにございます！」

並べられたそれを見て、おぼっちゃまは少し驚き顔。

グラスに入ったそのデザートを見ながら、不思議そうに「これはドリンクではないのか？」とおっしゃったので、私はこうお答えしたのでした。

「おぼっちゃま。こちら、イチゴシェイクというデザートにございます！」

イチゴシェイク。説明するまでもないですよね。

ストロベリーソースとアイスなどを組み合わせたもので、冷たくて胃がすっとする、ハンバーガーショップの素敵なメニュー。

デザートなのか、ドリンクなのかという議論はあるでしょうが、私的にはハンバーガーの最後にこれを食べるのが、最高のシメなのでした。

それに、このシェイクはジャクリーン班の特別製。

上にクリームと、シャリシャリに凍らせたイチゴのかけら、そして飴《あめ》細工の飾りがついた芸術的な一品。

お嬢様はそれを見て、「綺麗……」と、うっとりとした声でつぶやいたのでした。

「シェイク……シェイクか。また奇妙な名をつけるな。どれ」

いっぽう、飾りに興味がないおぼっちゃまは、スプーンでとっとと飾りをよけ、シェイクをパクリ。

すると……予想どおり、ゆるゆると、そのお顔が緩んでいったのでした。

「これは……余の大好きなアイスと、ドリンクが合体したものか！　素晴らしいぞ、なんとも恐ろしいことを考えるものだ！」

そのまま、スプーンとストローを巧《たく》みに使って、嬉しそうにシェイクを食べすすめるおぼっちゃま。

一方のお嬢様も、ひとしきり見て楽しんだ後、それはもう嬉しそうにシェイクを楽しんでくださったのでした。

（やった……やりきったわ。無事、ハンバーガーセットを楽しんでいただけたっ！）

ほっと胸をなでおろす私。

こうして、こちらの用意したものは一通り出し終えました。

そして満足そうなお二人に、ローマンさんが愛想笑いを浮かべながら問いかけます。

「ど、どうでございましたか、ウィリアム様、アシュリー様。本日のランチは、どちらがお気に召しましたか……？」

恐る恐る尋ねながらも、その顔には「そうは言っても、ワシらの方が美味しかったでしょう？」って書いてあります。

しかし、おぼっちゃまはそこで考えるような素振りをした後。

やがて、ぱっと笑顔を浮かべ、はっきりとこうおっしゃったのでございます。

「うむ、そうだな。今日、この一食でどちらだと聞かれるのならば……すまぬが、余は、メイドたちの方が美味しかった！」

「っ……!!」

おぼっちゃまがそうおっしゃった瞬間、メイドたちが全員歓声を上げました。

まさに狂喜乱舞！　一斉に喜びの声を上げ、抱き合い、泣き出す人までいる始末。

そのまま私たちは部屋を飛び出し、酒造庫になだれ込んで酒瓶《さかびん》を空《あ》け、自分たちの作ったごちそうに舌鼓《したつづみ》。

無礼講で、あられもない姿になりながら、呑めや騒げやの大宴会を繰り広げたのです！

……嘘《うそ》です。それは脳内のお話でした。

おぼっちゃまやお嬢様、それにメイド長がいる前で、そんなことできるわけがありません。

ですが、あたりを歓喜の気配が包み込み、みんな叫び出したいのをぐっと我慢しているのが伝わってきます。

ぎゅっと拳を握りしめる人、プルプルと唇を震わせ、笑うのを我慢している人。

さらには、目元に涙がにじませている人まで。

ええ、ええ。大変な一ヵ月でした。

けど……けど。私たちは、やり遂げたのです！

「ばっ、馬鹿なっ……！　おっ、お嬢様！　お嬢様は、もちろん私たちの方を褒《ほ》めてくださいますよねっ⁉」

ですが、納得がいかないのはローマンさんたちシェフ軍団でございます。

せめて引き分けに、とばかりにアシュリーお嬢様に懇願《こんがん》の視線を送ります。

けれども、お嬢様はそれにドキリとした顔をした後。

すっと、顔を伏せ……そして、蚊の鳴くような声でおっしゃったのでした。

「ご……ごめん……。わ、私も……ハンバーガー……お、美味しかった……」

「……ふおおおおおおおおお！」

奇妙な声を上げて、がくりと膝《ひざ》をつくローマンさん。

……この方、いちいちリアクションが大きいなあ……。

「そんなっ……そんな、あんまりですぞっ！　ワシらは毎日毎日、ウィリアム様のために最高のものを出し続けてきたのに！　それがこんな、物珍しいだけのものより下だとおっしゃるのですか⁉

ウィリアム様ぁああ！」

「……物珍しいだけ、だと？」

不満タラタラでそんなことを言うローマンさん。

ですが、それを聞いたおぼっちゃまは、聞き捨てならぬとばかりに眉をひそめ、こうおっしゃったのでした。

「ローマンよ。お主は間違っておる。余は、メイドたちの作るものを好いておるが、珍しいだけで勝たせるものか。……どれ、シャーリィよ。ローマンにも、一つハンバーガーを出してやってくれ」

「あっ、は、はい！　おぼっちゃま！」

慌てて、おぼっちゃまにお出ししたものと同じハンバーガーを手に取り、ローマンさんに差し出します。

するとローマンさんはそれを睨みつけ、ひったくるように受け取りました。

「ええい、なんだこんなもの……！」

恨みがましそうに言いながら、がぶりとハンバーガーにかぶりつくローマンさん。

ですが、何度か噛みしめた後、ピタリとその動きが止まり。

そして、彼は信じられないといった様子でつぶやいたのでございます。

「……なん、だこれは……。信じられんっ……。くっ、悔《くや》しいが、これはっ……これは、信じられんぐらい、美味い！　馬鹿な……馬鹿な！　こんなはずが……なんで、なんでこんなものがこんなに美味いのだ！　ありえん！」

言って、自分がかじったハンバーガーの断面を睨みつけるローマンさん。

どこに秘密があるんだとばかりに、チェックし始めます。

「パンも、肉も、チーズも確かにレベルは高い。だが、到底ワシらが負けているとは思えん！　いや、だが、そうか……ソースか！　なんなのだ、このソースは⁉　ありえん……美味すぎる！」

と、どうやらその味の正体に気づいたご様子。

ええ、そうでしょう。そうでしょうとも。

美味しいに決まってます。

だって……そのソースは、前世の世界を席巻《せっけん》した、さるハンバーガーショップ。

その看板商品に使われている、大人気ソースを元にしたものなのですから！

◆　◆　◆

世界一のハンバーガーチェーンが使用している、その特別なソース。

ビーフパティが二枚入った、ビッグなハンバーガーに使われているそれ。

それは、甘味と辛味、そして酸味が完璧なバランスで成り立った、いわば黄金比率のソース！

マヨネーズやケチャップからくる甘味と、マスタードが発揮する辛味。

そして、レモンや刻みピクルスが出す酸味。

それらが喧嘩《けんか》せず、ひとまとまりになって味わいを発揮し、一口かじると気持ちがぶちあがる、最高のソースなのでございます！

前世の私は、何度でも食べたいぐらいこのソースが大好きで、ハンバーガーを作るとなった時、絶対にこのソースを使おうと決めたのでございます。

「どうだ、美味いであろうローマン。余も、そのソースは本当に素晴らしいものだと思う。だがなにより良いのは、それはソースのみが美味しいだけでなく、組み合わさってより美味しくなるよう、工夫《くふう》と情熱が注がれておる点だ」

真面目な顔で、そうおっしゃるおぼっちゃま。

そうです、今回の勝負。

キモとなるのは、そこであろうと私は考えました。

以前試食したローマンさんの料理は、それは素晴らしいものでしたが、ただ一点。

そのソースだけは、弱いと判断したからでございます。

それは、あくまで味変のみを目的とした、至って単純なもの。

だけど私が知る前世のソースは、料理と合わさり、より高みを目指すためのものなのでございます。

今回のソースも、そんな近代ソースの結晶のようなもの。

ですが、今回の場合、それを単純に真似《まね》るわけにはいきませんでした。

だって、ソースというものは、それだけが美味しくても仕方ないのですから。

こんな話があります。

先ほどとは違うとあるバーガーチェーンが、テリヤキバーガーを出すにあたって、最高に美味しいテリヤキソースを開発したそうでございます。

これでテリヤキバーガーはバカ売れ間違いなし、と思ったのですが、これがなぜかあまり売れず。

なぜか、を突き詰めていくと……それは、ソースが美味しすぎて、肉やパンが負けていたのが理由だったそうでございます。

つまり、ほとんどソースの味しか感じられなかったことが原因。

それはそうでしょう。だってお客様は、ハンバーガーを食べに来てるのですから！

それ以後、そのバーガーチェーンはソースの濃さなどを調整し、全体のバランスを調《ととの》え、無事テリヤキバーガーを人気商品に昇華させたのだとか。

つまり、ソースとはそれだけが美味しくても駄目。

食材と混ざり合い、お互いを高め合う存在でなければいけないのです。

ですから、私は今回のソースを作るにあたり、他の食材に完璧に合った調整をする必要があったのでございました。

これがなかなか大変で、色々な食材や香辛料で試す必要があり、苦心しましたが……どうやら、その甲斐《かい》はあったようでございます。

「ううっ、馬鹿な……。こんなもの、ソースの常識を大きく逸脱しているぞ……！　信じられん……！」

うめくように言う、ローマンさん。

ソースとは、いわば料理の歴史そのもの。

数多《あまた》の料理人が様々な食材と出会い、時には交流し、時には争い、改良したレシピを伝え、繋《つな》いでいくものなのでございます。

歴史とともに広まり、常に進化し続けるもの。それがソース。

ですが、この世界、他国のこともろくに伝わらないような時代においては、どうしてもその進歩は鈍い。

私は……そこに、勝機を見出《みいだ》したのです。

「確かに、お主の料理の方が技術は高いだろう。宮廷料理として、相応しい。だが……純粋に、味だけを比べた時。余の舌は、確かに、このハンバーガーなるものの方が勝っていると感じたのだ」

「ぐっ……ぐうっ……。メイドたちが、まさかこれほどのものを作るとはっ……！」

心底悔しそうに言う、ローマンさん。

そして、ローマンさんはちらりとこちらの方を見た後。

うなだれて、こう言ったのでした。

「……ワシの、負けだ。負けを、認める……」

その瞬間、シェフの皆さんも、がっくりと肩を落とし。

本当に、勝敗は決したのでした。

わっ、と、静かに盛り上がるメイドの皆。

向こうでは、メイド長も珍しく笑顔を浮かべ、執事長さんも満足そうに笑ってらっしゃいます。

ああ、良かった……どうにか。

どうにか、皆様の期待に応えることができました。

……と。ここで終われば、まとまりがよかったのですが。

そこで、決着の空気を切り裂くようにして、おぼっちゃまが声をお上げになったのです。

「ところで、だ。もちろん、ハンバーガーはまだあるのであろう？　コーラもだ。余はまだ満足しておらぬぞ、次を頼む！」

ああっ、そうでした。

大食漢のおぼっちゃまが、あの程度の量で満足するわけがなかったのです！

そうして、浮かれ気分から引き戻された私たちは、「はい、ただいま！」とお返事して、わたわたと動き出したのでした。

◆◆◆

「……ふう。満足した……うむ、最高のランチであったぞ！」

「ありがとうございます、おぼっちゃま！」

その後、用意していたハンバーガーを全て平らげてくださったおぼっちゃま。

それに私たちは、大いなる感謝とともに頭を下げたのでした。

「やれやれ、昼からこんなに幸福になっておっては、頭が鈍るな。この後、おやつも待っているというのだからたまらぬ。どれ、アシュリーよ。腹ごなしに散歩でもするか」

「あっ、は、はい、ウィリアム様！　お供いたしますわっ！」

幸せそうなおぼっちゃまが、珍しくそんな声をかけ、お嬢様もハッピームード。

はあ良かったと、ミア様と微笑み合う私。

そして。

おぼっちゃまは、部屋を出ていかれる前に、こうおっしゃってくださったのでした。

「者どもよ、本当に今日は良き席を用意してくれた。たまには、こういうことも良いものだ。……

それと、なのだが」

言いつつ、もう一度私たちメイドとシェフたちを見回し、にっこり微笑み。

「余は、王宮に仕《つか》える者たちが仲良く過ごすことを望んでおる。お主らも、そうであるように」

そう、続けられたのでした。

……さすがおぼっちゃま。この状況がどういうことか、とっくにお見通しだったようでございます！

ははあ！　とかしこまって、もう一度頭を下げる一同。

それを見て小さくうなずくと、おぼっちゃまは今度こそ、アシュリー様とともに行ってしまわれたのでした。

そして、取り残される私たち。

しばし、困ったような空気が流れましたが。

やがてローマンさんは、がばっとその場に座り込むと。

なんと、勢いよく土下座をかましたのでした！

そして、驚きの視線が集まる中、彼は地面に額をこすりつけたまま、声をはりあげたのでございます。

「ええい、さっきも言ったが、ワシの負けだ！　すまなかった、このとおりだ！　侮辱の言葉は、全て取り消す！　煮るなり焼くなり、好きにしてくれい！　……ただし、今回の勝負は、あくまでワシが独断でやったこと！　だから、勝手なことを言うようだが……部下のやつらは、どうか大目に見てやってくれんか！　後生だから、頼む！」

なんと。この人、予想外に、いさぎよい！

てっきり、ここからゴネるものとばかり思ってました。

しかも部下をかばうとは。この人も、根はそこまで悪人ではないのかもしれません。

しかも、彼がそう言ったとたん、シェフの皆様が駆け寄り「そんな、料理長だけの責任ではありません！」「すみません、俺たちが力不足で……！」なんて、かばい始めます。

なるほど、どうやら部下からの人望はある様子。

もしかしたら、彼はシェフたちのメンツのためにも、意地を張っていたのかも。

……まあ、やり方は最悪でしたけどねっ。

「すまん、おまえら……。だが、あれだけ大口を叩《たた》いておいてこのザマだ。ワシは、恥ずかしくてもう王宮にはおれん！　約束どおり、ランチシェフの座をメイドたちに明け渡し、ワシは甘んじて追放を受ける。わかってくれい……！」

ええっ！　なんだか、とんでもないことを言い始めました。それは困ります！

どうしましょう、と私が困った様子で視線を向けると。クリスティーナお姉さまはコクリとうなずいて、ローマンさんに歩み寄りました。

「ローマンシェフ。その必要はありません。今回、私たちはあくまでおやつメイドの威信のために勝負をしただけ。あなたの座を脅かそうなんて考えていませんわ」

「なに？　だ、だが……」

「おぼっちゃまも、おっしゃってくださったではないですか。私たちは、王宮に仕える仲間なのです。ただ、私たちを下に見ず、認めてくださるのならそれでいい。それに……」

そして、クリスティーナお姉さまはメイド全員を見回し、笑顔でおっしゃったのです。

「私たちには、このたった一回のランチだけで精一杯。やはり、王宮には正しい技術を持ったシェフが必要なのです。あなたたちのような、卓越した技術を持つ正シェフが」

ええ、まさにそのとおり。私たちが毎日ランチを出すなんて、とても無理です。

それに……今回、私たちが勝てたのは、全て前世の記憶があったおかげ。

前世で素晴らしいソースを開発してくださった皆様たちからの恩恵がなければ、勝負にもならなかったことでしょう。

つまり、それは結構なズルなので。

ここは、どっちが勝ったとかは言いっこなしなのです。

……もちろん、レシピがあろうとなかろうと、美味しく作れたのは、皆の努力のおかげですけどね。

だって。料理とは、レシピだけで作るものではないのですから！

「いやほんと、改めて見たが凄いランチだった。毎日あんな凄いの出してるなんて、脱帽だよ」

「ほんと、あの繊細な料理の数々、素晴らしいですわ。私も作り方を習いたいぐらい」

口々にシェフたちの腕前を褒めるメイドの皆。

そうすると、苦い顔をしていたシェフの皆様も、どうにか表情を緩めてくださいました。

「いや、君たちの方こそ、あれほどウィリアム様を喜ばせるとは大したものだ。あんな嬉しそうなお顔、初めて見た」

「あの気難しいアシュリーお嬢様まで、あんなに……。正直、俺もあのハンバーガーとかいうやつを食べてみたいよ」

なんて褒め合う、メイドとシェフ。

ですが、なんとなく雰囲気が甘ったるいのは気のせいでしょうか。

中には、じっと見つめ合っている二人も……。

困りますよ、皆様！　和解したとたんに、色気を出されては！

なんて思っていると、その場を締めるべく、メイド長がローマンさんに言いました。

「ローマン。この者たちがこう言っているので、今回は水に流すということでいいではないですか。ただ、二度とこの者たちを舐《な》めないように。そして、自分もまだまだ未熟であると、よく覚えておくことです。おぼっちゃまのためにも」

「くっ……。くううう～～～……！」

それに、悔しさが籠《こ》もりまくったうなり声を上げるローマンさん。

プライドが高い彼にとって、許されるのは、処罰される以上の屈辱でしょう。

ですが、それぐらいは我慢していただかないと。

だって、そもそも、この人が気持ち良く喧嘩を売ってきたのが発端なんですしね！

「くそっ、くそっ！　今回は……今回は、言葉に甘えさせていただく！　だが……だが、貴様っ！」

「へっ？」

いきなりローマンさんにびしっと指さされ、変な声を出してしまう私。

彼は、屈辱に歪《ゆが》んだ声で、絞り出すようにこう言ったのでした。

「この料理の仕掛け人は、貴様だなっ！　他の者ならともかく、料理人として貴様のような小娘に負けたこと、ワシはどうしても我慢できんっ……！　いつか、この屈辱は晴らしてみせるぞっ！そう、料理勝負でな！　覚えておれぃっ！」

そのまま、だっと駆け出して、行ってしまうローマンさん。

私たちが呆気にとられていると、シェフの皆様も慌ててその後を追っていきました。

やれやれ……。これはまた、面倒な人に目をつけられてしまったかもしれません。

料理勝負と言われても、私のレパートリーに、あなたとやり合えるものがどれほどあるやら。

頭が痛いところですが、でも、いいです。

だって、私たちは居場所を守りきったんですもの。

私たちは皆して微笑み合い、健闘を称《たた》え合い、そして。

「さあ、おまえたち。次はおやつタイムの仕込みがあるでしょう。次の作業に移りなさい」

という、メイド長とかいう鬼婆《おにばば》の号令に、皆して「はぁい……」と浮かない返事をして、しっかりと怒られたのでした。

◆　◆　◆

そして、これはその後の、余談なのですが。

「シャーリィ、コーラがないではないか。あれがないと始まらぬぞ」

「シャーリィ、余はコーラが飲みたい。用意してくれ」

「シャーリィ、コーラはどうなっておる？」

「シャーリィ、コーラ！」

と、すっかりコーラの魔力に取り憑かれてしまったおぼっちゃま。

言われれば、私は「はい、ただいま！」と大急ぎでご用意していますが、コーラばかり飲んでいては体によくありません。

こうして、どうにかおぼっちゃまのコーラ摂取量を減らすという難題が降って湧き、私は、悪魔に魂を売った代償をしっかり払う羽目になったのでした。

悪いことは、できないものですね……。

なんてことも、ありつつ。とにもかくにも、宮廷料理人と勝負するという一大事を、私たちはどうにか切り抜けたのでした。

しかし、その結果。

王宮内に、「メイドが料理人にランチで勝ったらしいぞ」なんて噂話《うわさばなし》が一気に駆け抜け。

それが私たちの生活に、とっても大きな変化を与えることになるのですが……。

それは、次のお話で。

第六章　シャーリィの賑《にぎ》やかにして至って平凡な一日

「おぼっちゃま。コーラは、一日一杯にしてはいかがでしょう」

おやつタイムにメイド長がそう提案した時の、おぼっちゃまの反応は予想以上のものでした。

なんとおぼっちゃまは、絶望的な表情を浮かべ、こう叫んだのでございます。

「そんな！　余に死ねと申すか⁉」

……そこまでですか、おぼっちゃま……。

「おぼっちゃま、コーラにはたくさん砂糖が入っております。ただでさえおやつで砂糖をとっておりますし、とりすぎはよろしくないかと」

渋い顔で理由を告げるメイド長。

なにしろおぼっちゃまは、私がコーラを出したあの日から、一日に何杯もコーラを飲み続けているのでございました。

しまいには自室に冷蔵庫を設置し、コーラをいつでも飲めるようにせよというので、それは慌てて止めました。

おぼっちゃまの歯は、専用の歯磨《はみが》き係さんたちがいつも徹底的に綺麗《きれい》にしてくれていますが、寝る前にコーラなど飲んでしまっては意味がありません。

これから何十年も健康に生きるはずのおぼっちゃま。

その大事な歯を駄目にしてしまっては、私は合わせる顔がなくなってしまいます。

そして私たちの必死の説得により、渋々おぼっちゃまは「仕方ない。では、一日三杯、食事の時間だけにする」と譲歩してくださったのでした。

それを聞いて、私はホッと一息。食事時に三杯ぐらいなら、まあ大丈夫でしょう。

砂糖の多いコーラ以外も楽しんでいただけるよう、ドリンクの開発も進めていかないといけないわね。

なんて思いながら、その日のおやつは終わったのですが。

その後、私はメイド長に呼び止められ、こんなことを言われたのでした。

「シャーリィ。おまえの班にランチの提供を頼みたいと、貴きご婦人の皆様からお声がけがありました」

「えっ、うちにでございますか？」

その言葉に、私は思わず驚いてしまいました。

だって、王宮で貴族の皆様に出すランチは、シェフが全て承っているはずです。

メイドにそれを頼むなど、聞いたことがありません。

「……おまえたちがランチシェフのローマンに勝った、という噂《うわさ》が、すでに高貴なる皆様のお耳にまで伝わっているようなのです。それで、あのローマンを倒し、おぼっちゃまの舌をうならせたランチをぜひ試してみたい、ということのようです」

不思議そうな顔をしている私に、メイド長がそう補足を入れてくれて、ようやく納得がいきました。

ローマンさんたちとの勝負が終わって、半月。あれから、王宮はその噂でもちきりなのでした。

廊下を歩けばどなたかが噂話《うわさばなし》をしていて、私がどこかに顔を出せば、その話をするようせがまれる。

なんと、話してもいないのに私の父までもが知っていて、手紙でどんな料理を出したのか聞いてくる始末でした。

どうやら、メイドが宮廷料理人を料理でやっつけた、という話は話す分には面白く、人の口に乗りやすい様子。

そのようなことを思いっきり広められているローマンさんの気持ちを考えると、ちょっと可哀想《かわいそう》ですけれども。

……いや、可哀想じゃないか。あの人の場合。

「どうしますか。おまえの本業は、あくまでおやつメイド。忙しいというのならば、私の方からお断りしますが」

と、気遣いを見せてくれるメイド長。

それはありがたいお申しなのですが、私は少し考えた後、こうお答えしたのでした。

「いえ、せっかくのお申し出ですので、やらせていただきますわ。ですが、もしおぼっちゃまのおやつ作りに差し障りがある、とメイド長が感じられた時は、どうぞお止めください」

「そうですか。わかりました、では励《はげ》みなさい」

私の返事にメイド長は満足げにうなずき、そう言ってくださったのでした。

こうして、私の忙しい一日に、ランチをお出しするという重要任務が増えたのです。

◆◆◆

それからしばらくたったある日の、お昼時。

王宮の一室に、華麗なドレスで着飾った貴婦人の皆様の声が響きました。

「まあ、驚いたわ！　なんて原始的な食べ物なのって思ったけど、食べてみると、すっごく美味《おい》しいわ！　凄《すご》い、なるほどこれがウィリアム様のお気に入りなのね！」

「ええ、ほんと！　手づかみで食べて、しかも複数のお皿に手を伸ばすなんてお行儀が悪いと思ったけれど、やってみるとなかなか楽しいものだわ！　これが異国の宮廷料理スタイルなのね！」

「ええ、らしいですわ。片手にハンバーガー、片手にポテト。それが最高に麗《うるわ》しい食事スタイルなのだとか。それに、この奇妙な飲み物！　まるで違う世界に来たような感覚ですわ。刺激的で、最高に楽しいですわね！」

なんて、やいのやいの言いながら、ハンバーガーセットを楽しむ貴婦人方。

貴族の皆様というものは、とにかく王宮に来て、お仲間とあれやこれやと話したがるものでございます。

そうすることで派閥《はばつ》が形成され、横の繋《つな》がりが強くなる、ということのようですが、そのぶん常に話の種に飢えているのだとか。

そこに降って湧いた、メイドの出す奇妙な料理の噂。

興味を惹《ひ》かれるには、十分な内容だったようでございます。

しかし、さすがに華麗なる貴族様にハンバーガーは合わないんじゃないかな、とちょっとだけ不安だったのですが。

今回はその合わないことが逆に刺激となり、素敵な調味料として機能しているようでございます。

「ねえ、シャーリィ、うまくいってるわね……！　まさかお偉方のご婦人まで、あんなにハンバーガーを喜んでくれるなんてね！」

と、私と一緒に壁際《かべぎわ》に下がり、その光景を見ていたアンがささやいてきます。

私はよく知らないのですが、こちらの貴婦人方は、貴族の中でも上位に当たる方々の奥様なのだとか。

子供も産み、豪華な生活もひとしきり楽しんで、暇を持て余している奥様方。

その話題作りと一時の楽しみに貢献できたとあれば、私たちが送り出したハンバーガーくんたちも本望というものでございましょう。

「ねえあなた、この赤い野菜、本当に美味しいわねえ！　もしかしてだけど、この赤いソースもこれから作ってたりするのかしら？」

「はい、奥様、そのとおりにございます！　そちらは、トマトという最先端のお野菜と、ケチャップという世にも珍しいソース。王宮で作られた最高のトマトから、特別な製法で作ったものがそちらになります！」

声をかけられ、大喜びで説明を入れる私。

やはり貴族様は、いい肉やパンは食べ慣れているので、興味があるのは珍しいトマトとソースのようです。

トマトに対する偏見も、おぼっちゃまの食卓に上がったとなれば雲散霧消。

むしろ、興味の対象となったご様子。

それを見越して、トマトとケチャップを前面に押し出したハンバーガーにして正解でした。

そう、ここからはトマトとケチャップの晴れ舞台。

なら適当でもいいので、美辞麗句でその道を飾り立ててあげねばっ！

「やっぱり！　すっごく口に合うわ、持って帰りたいぐらい！　でも、王宮で採れたものを欲しがるなんて、いけないことかしら」

なんて言いつつ、ちょっと期待の籠《こ》もった視線を向けてくるご婦人。

なので、私はここぞとばかりに答えたのでした。

「奥様、王宮の菜園は王宮でお出しするためのものですが、実はトマトとケチャップでしたら、別にご用意できますわ！　私の父が、トマトの栽培とケチャップの製造を手掛けておりまして、もしよろしければ、皆様のお宅に新鮮なものを送らせていただきます！」

そう、目ざというちの父は、私がおぼっちゃまにお出ししたケチャップの話を聞き、それらを商品化したいと言ってきたのでした。

おぼっちゃまが気に入ったとなれば、貴族の皆様相手に商売ができるはず。

そう言って父は農家と契約してトマトを作らせ、さらに私から製法を聞き出して、ケチャップを作り始めたのでした。

そんなうまくいくかなあ、と私はちょっと不安だったのですが。父が「機会があれば貴族の皆様に宣伝しておいてくれ」と言うので、この場でそれを実行に移したのでございます。

「まあ、それは助かるわ！　じゃあ、お願いしようかしら」

「私のところにもお願い！　あと、ハンバーガー以外に、おすすめの食べ方はあるかしら？」

「はい奥様、実はこちらのトマト、サラダに入れても絶品でございます！　よろしければ、そちらにかけていただくドレッシングも一緒に送らせていただきます！」

なんてなんて、一気に布教を進める私。

ちなみに、今回送る品々の代金はいただきません。

なぜならば、まずはトマトと父の商会のことを覚えていただくことが大事だからです。

まず商品を受け取ってもらえれば、話の種に飢えている奥様方のこと。

即座に人に出して、自慢話をしてくださることでしょう。

そうなると、あらこれ美味しいわね！　となって、どこで手に入るの？　という話になり、そこで父の商会の話が出ることでしょう。

そうなったら、しめたもの。安い投資で、貴族ネットワークに宣伝をすることができます。

この時代、お偉方に存在を覚えてもらえることは、それだけで一財産。

投資としては、最高級のリターンなのでございます。

その後も、なんやかんやと料理の話で盛り上がり。

やがてランチの時間は終わり、大満足といった様子の奥様は、こうおっしゃってくださったのでした。

「素敵なランチだったわ！　なるほど、ウィリアム様が贔屓《ひいき》になさるわけだわ。あなた、とっても気に入っちゃった。今度、またランチを用意してくれるかしら？」

「はい、奥様。喜んで！」

にっこり笑顔でそう答えると、奥様はうんうんとうなずき、そっとあるものを私に差し出してきたのでした。

「これ。そう、派手なものではないけれど」

それは、金糸で華麗に彩られた、豪勢なハンカチでございました。

庶民が死ぬほど働いたとしても、到底買えないぐらいの豪華な品。

それを、なんと奥様は私に下賜《かし》してくださったのです！

いいえ、下賜とか言っても意味がわかりませんよね。つまり、あれです。これは、飲食店におけるチップと同種なのでした。

そう、なんと貴族の皆様は、下々の者の働きを褒《ほ》める時、このような金品をあげるのが習わしなのでございます。

ちょっと信じられませんよねっ！　まあ、もらう私は、すっごく嬉《うれ》しいですけど！

「奥様、ありがとうございます！　私には勿体《もったい》ない品にございます！」

そう言って深々と頭を下げると、奥様は満足げにうなずかれました。

今回のランチを主催なさったのは、こちらの奥様。

ランチは美味しく、お仲間にも良《い》い顔をでき、話の種もできた。奥様的には、大満足だったことでしょう。

そのまま優雅に廊下を歩いてゆく奥様方に頭を下げてお見送り。そして、その姿が見えなくなったところで、私とアンはバッと勢いよく頭を上げました。

「よっし、アン、急ぎましょう！　次はおぼっちゃまのおやつタイムの準備よ！」

「ええ、予想以上に時間を食っちゃった。お部屋を片付けて、急いで仕上げに行かなきゃ！」

人目がないのをいいことに、メイド服の裾《すそ》を持ち上げて、ばっと走り出す私たち。

貴族の皆様用の豪華な食器を傷つけぬよう、ワゴンに載せ、テーブル周りを急いで掃除し、駆け足でメイドキッチンに戻ります。

「あっ、待ってシャーリィ！　前方から、兵士の皆様がいらっしゃるわ！」

「了解っ！」

先行して廊下を偵察しているアンがそう言うと、とたんに駆け足をやめ、しずしずと歩き出す私。

通りがかりにぺこりと頭を下げ、「皆様、いつも警護ありがとうございます！」とお声がけすると、兵士の皆様はにへらっと笑って会釈《えしゃく》を返してくれました。

「やった、今日はメイドさんとすれ違っちまった。良い日だ！」

「お淑《しと》やかだなあ、さすがウィリアム様付きのメイドさんだ」

「あの銀髪の子、好きだ。結婚したい……」

通り過ぎていった皆様が何かを言っているのが聞こえ、チラチラとまだこちらを振り返っているようなので、まだまだ我慢。

そして、通路を曲がったところで誰もいないのを確認すると、私たちはまた「うおおおっ！」と、猛然と駆け足を再開したのでした。

おぼっちゃまのためのおやつには、どれほど手間ひまをかけても足りません。

一分一秒でも多くかけ、完璧に仕上げるべく、私たちはメイドキッチンを目指したのでした。

◆　◆　◆

「おおおっ、美味しい！　このシュークリームとやらも、また最高に美味しいな！　シャーリィ！」

そして、おやつタイム。

中庭にまたおぼっちゃまの「美味しい」が響き渡り、私たちはぐっと拳《こぶし》を握りしめたのでした。

「このカリカリした外側と、柔《やわ》らかく味わい深い中身の対比がたまらん！　噛《か》んだ時、もにゅっと中身が顔を出してくるのも、なんとも愛らしい……ああ、好きだ！」

「ありがとうございます、おぼっちゃま！」

そう、今日のおやつはシュークリーム。満を持しての登場でございます。

これも私の大好きなおやつの一つで、いつ出そうか、いつ出そうかと思っているうちに半年以上も過ぎてしまいました。

ちなみに、シュークリームの生地《きじ》には硬いタイプと柔らかいタイプがありますが、こちらの品は硬い方を採用しております。

それは前世で私が大好きだった、駅によくあるシュークリーム屋さんの味を目指して作ったもの。

カリッと歯ごたえよく、香ばしい生地と、冷たく甘々なカスタードクリームが最高にマッチして、噛みしめると二種類の味わいが重なり、口の中でとろけていく。

ああ、頬張るたびにとびきり幸せになれる最高のスイーツ、シュークリーム！

それをこうしておぼっちゃまにお出しできて、私は最高に幸せです！

おっと、ですが今回はもう一種類。おぼっちゃまが皿を綺麗に空にするタイミングを見計らって、私は次を投入したのでした。

「おぼっちゃま、こういうタイプもございますわ！　ぜひ、お試しください！」

そう言って、ミニサイズのシュークリームが山盛り盛られた皿を差し出す私。

そう、次なる品はプチシュークリーム。

それにおぼっちゃまは目を輝かせると、「どれどれ」とつぶやいて一つを口に放り込み。

あむあむとしっかり味わった後、ふわあっと頬を緩ませたのでした。

「これも、良い……！　噛むと、柔らかい生地がぷちりと潰れて、中から冷たく甘い美味しさが一気に広がる！　良いぞ、とても良い！」

よし、こちらも大成功！

私的にシュークリームの生地は、硬いのと柔らかいの、どちらも甲乙つけがたいところ。

なので、今回は欲張りにも両方作ってみたのでした。

子供のころの私のように、楽しくてしょうがないという顔でプチシューをどんどんお口に運ぶおぼっちゃま。

ですが。ある一つを口にしたとたん、驚いたようにその動きが止まりました。

「なんだ、味が違うぞ……これは、チョコか？」

「はい、おぼっちゃま！　実はそちらのプチシュークリームの中身は、いくつかの味に分かれております！」

そう、今おぼっちゃまが口にしたのは、チョコカスタードクリームが入ったチョコプチシュー。

小さいながらもチョコが濃ゆい味わいを発揮してくれる、完成度の高い一品です。

最近はアガタからカカオの供給が安定してきて、こういう品も出しやすくなったのでした。

……相変わらず、作る作業は大変ですけどね。

「なんと、良きサプライズだ……むっ、こっちも味が違う。これはイチゴか！」

「はい、おぼっちゃま！　王宮の農園で良きイチゴが採れましたので、そちらで作らせていただきました！」

本来イチゴの収穫時期はもっと前らしいのですが、そこは宮廷魔女たるアガタですから。

いつでも見事なイチゴを栽培でき、その気になれば、冬でも温室で育てられるそうにございます。アガタの育てる健康イチゴは、見事なほど真っ赤《まっか》に輝き、糖度も抜群。

一口かじれば甘さが弾《はじ》け、天にも昇る多幸感を与えてくれます。

そんなイチゴでクリームを作れば、それはもう言うまでもなく。

砂糖を少ししか入れないのに恐ろしく甘く、トロトロ触感で、イチゴの味わいが口の中で炸裂《さくれつ》する最高のプチシューになってしまうのでした。

「違う味わいが、一つの山になっているというのも面白きものだな……！　次に食べるのがどの味か、ワクワクしてしまう。た、楽しい……」

そう言いながら、プチシューの山をあっという間に崩していってしまうおぼっちゃま。

まさに今回の狙いはそれで、いろんな味が集まったアソート、いわゆるお菓子の詰め合わせを意識してみました。

私はあれが大好きで、これはどんな味かな、こっちはどんな味かな、なんてよく楽しんで食べたものです。

それをおぼっちゃまにも味わって欲しいという気持ちはちゃんと伝わったようで、おぼっちゃまから「今日も素晴らしかったぞ、シャーリィ」なんてお褒めの言葉もいただき。

今日のおやつタイムも、最高の結果で終えられたのでした。

そして、上機嫌でお仕事に戻られるおぼっちゃま。それを、深々と頭を下げてお見送りし、そのお姿が見えなくなって、きっかり十秒。

私とアンは、バッ！　と頭を上げると、シュババババッ！　と、片付けを始めたのでした。

「急いでシャーリィ、次は名家のご令嬢の皆様におやつをお出ししないと！」

「ええアン、準備はできてるけど、移動に時間がかかるからね！　もう、本当に王宮は広くて困るわ！　確か、場所は池のほとりだったわね！」

なんて言い合いながら、慌ただしく動き回る私たち。

そう、なんと今日は、他にもおやつをお出しする仕事があるのでした。

ですが、おやつタイム終了後の後片付けは、一番下っ端の私たちがやる習わし。

急げ急げと慌てていると、二班のメイド長であるクラーラお姉さまが、見かねて声をかけてくださいました。

「あんたら、本当にせわしないねえ！　ああ、いい、いい。今日の片付けは、うちの班でやっといてあげるから。あんたらは、とっとと行きな！」

「えっ、でっ、でも。そんな、お姉さまたちをお使い立てするような真似《まね》は……」

その申し出は、とっても、とーってもありがたいのですが、申し訳なくて困ってしまいます。

しかし、二班の皆様はそんな私たちに、笑顔でこう言ってくださったのです。

「いいっていいって。それぐらい大した手間じゃないし、最近はあんたたちのおかげで私たちも役得だしさ」

「そうそう。もう、料理勝負の話を聞かせてくれって引っ張りだこなんだから。しかも、格好いい殿方《とのがた》に声をかけてもらっちゃったりなんかして。もう、時代が来たって感じ！」

「それに、アンタたちが頑張ってるのは私たちの誇りでもあるのよ。だから、気にせず行きなさい。ほらほら。そのうち、また一緒になにか作りましょ」

ああ……なんて良い人たちなんでしょう。

私は根が単純なので、ひたすら感謝しかありません。

「ありがとうございます、では、申し訳ありませんがよろしくお願いいたします！」と深々と頭を下げる私たち。

そして、お姉さまたちに笑顔で送り出してもらい、私たちは次なる戦場へと駆け出したのでした。

◆　◆　◆

「まあっ、素敵！　これが、アシュリー様がいつも自慢している、パンケーキとかいうお菓子なのね！」

王宮の敷地《しきち》内にある、大きな池のほとり。

そこに建つ、大理石でできた優雅な屋根付きのテラス。

お上品で高級感が漂うそこに、令嬢の皆様のはしゃぎ声が響きました。

「うわあ、甘い、甘いわ、それにとっても美味しい！　夢みたい、こんなに甘くて美味しいなんて！」

「ああ、このイチゴとクリームは本当に素敵だわ！　それに、この冷たい何かが運命的に美味しい！　ああ、凄い、凄い！」

「アシュリー様にさんざん自慢されて、イメージばかり先行していたけど、それを超えてきたわっ。ふふっ、これで私たちも周りに自慢できるわねっ！」

なんて、十代の少女らしくきゃいきゃい言いながらパンケーキを楽しむ淑女《しゅくじょ》の皆様。

私は隅に控え、その様をニコニコ笑顔で見守りながら、「そっか、アシュリーお嬢様、なんだかんだ言ってパンケーキのこと自慢してたのか……」なんて考えるのでした。

そう、なんと今回のこれは、アシュリーお嬢様の口利《くちき》き。

前のことをさすがに悪いと思ったのか、それとも自分の威厳を保つためか。

こちらの、かなり裕福なお嬢様方におやつをお出しする機会を、彼女が作ってくれたのでした。

まあ彼女の真意がなんにしろ、こうしておやつを出させてくれるのは大歓迎です。

おやつメイドは、元から貴族の皆様にもおやつをお出ししていたのですが、それを行《おこ》なうのは主に一班と二班のみ。

それが、今回特別に私たちへとお声がけをいただき、こうして出すことができているのでございます。

ちょっと生意気かしら、と思いましたが、クリスティーナお姉さまとクラーラお姉さまが、笑顔で「頑張ってきなさい」と言ってくださったので、本当に良かったです。

「うふふ、本当に美味しい。次から次へと違う味が楽しめて夢のようだわ！　……あ、でもアシュリー様が言っていた、黒くて甘いものがないわね」

「ええ。確か、チョコ、だったかしら」

と、令嬢の皆様がおっしゃるので、私は待ってましたとばかりに、小さな陶器の入れ物を持って進み出ます。

「はい、お嬢様方。チョコレートソースでしたら、こちらに！　ただいまおかけいたしますわ！」

そう言って、アンと二人して、さーっとパンケーキとアイスにチョコソースをかける私。

すると令嬢の皆さんは、「やだ、本当に黒いわ！」「これが甘いの？」「信じられない！」なんて言い合いながら、先を争うようにチョコのかかったパンケーキをパクリ。

そして、すぐに頬を緩めてこうおっしゃったのでした。

「あまーい！　本当だったわ！」

味の変化についてあれやこれや言いながら、楽しそうに食べ進める皆様。

その姿は、完全に日本のスイーツ店で歓声を上げる少女のものでございました。

場所や世界は違えど、甘いものを食べている時の反応は同じですね。

そして、ひとしきりおやつを楽しんだ後、皆様はこんなことをおっしゃったのです。

「噂どおりの、最高に美味しいお菓子だったわ！　ところでね。このチョコとかいう奇妙な品、できれば家族や友人にも振る舞いたいのだけれども」

「はい、お嬢様！　実は、お土産の品としまして、日持ちするチョコレートもご用意しております！」

そう言って、綺麗な箱に詰まった固形のチョコレートを差し出す私。

鍛冶屋のアントンさんに作っていただいた容器に入れて冷やした、そのチョコレートの表面には、薔薇《ばら》をかたどった見事な飾りが付いていて、それを見たお嬢様たちが感嘆の声を上げました。

「まあ、綺麗っ！　これは、良いわ……実に良いわ！」

「人の前でこの箱を出したら、きっと驚くわ！　目立てるわ、目立てるわ！」

なんて、みんなして大はしゃぎ。そして一人のご令嬢が代表して、すっと私の方に手を差し出したのでした。

「あなた、本当に気が利《き》くわね！　はい、これ。そう、良いものではないけれど」

「ありがとうございます、お嬢様！　私には勿体ない品にございます！」

そう言いつつ受け取ったそれは、銀の指輪にございました。

宝石はついていませんが、見事な飾りが施されていて、かなりの値打ち品であることがうかがえます。

そのまま「さあ、さっそく他の人たちに自慢しに行かなくちゃ！」と嬉しそうに去っていくお嬢様たちを見送ると、私はもらった指輪を掲《かか》げて見ます。

「うーん、お高そう！　売れば、当分料理の研究費用には困らないわねっ！」

そう、私は指輪自体に興味はありませんが、その値段にはとっても興味があるのでした。

メイドを辞める気はありませんが、なにしろいろんなことがありますから。

貯《た》められるうちに、できるだけ多くお金を貯めておくのが正解でしょう。

これが、私がやや無理をしてでも、貴族の皆様にランチやおやつをお出しすることを決めた理由の一つ。

気前のいい貴族様たちは、この調子でもの凄《すご》く豪勢にチップをくださるのでした。

（とはいえ、これは持っておくより、お母様に送ってご機嫌を取っておこうかしら）

うちの母はアクセサリーが大好き。ですが、家計を気にして滅多に欲しいとは言わない人でございます。

なので、こういうものを送ってあげれば親孝行にもなるでしょうし、いつか帰った時にも歓迎してもらえるというもの。

それに収入以外にも、貴族の皆様と知り合いになれるのは大きいですし、それにその噂話をこっそり聞けることも、実はありがたいことなのでした。

誰と誰の仲が良いとか悪いとか、誰と誰が付き合ってるとか、別れたとか。

そういう情報を知っておければ、迂闊《うかつ》に虎の尾を踏むことも避けられるでしょう。

この王宮で生き延びていくためには、貴族ネットワークに精通しておくことも大事なことなのです。

なんて、計算高いことを考えている私の横で、アンもなにやら上機嫌。

浮かれた調子で、こんなことを言ったのでした。

「うふふ、また人脈が増えたわ！　あのご令嬢のお兄様方は、美形揃《ぞろ》いなのよね！　家柄も十分だし、ふふ、いつかパーティにお邪魔しようかしら！」

そう、そしてこれも理由の一つ。

名家への嫁入《よめい》りを夢見るアンにとって、これはまたとないチャンス。愛する相棒のためにも、このような機会は貴重なのでした。

それにもちろん、もらったチップは山分けしますしね。

ハンカチと指輪。アンが欲しがった方をあげて、もう片方はお母様に贈ることとしましょう。

（いつもいつも私に付き合わせちゃってるからね。アンには幸せになって欲しいし）

とはいえ、もし彼女がいなくなったら、私はとっても寂しい思いをすることでしょう。

それができるだけ先だといいけど、なんて思っていると。アンが鋭く私の表情に気づいて言いました。

「やあねえ、シャーリィ、心配しなくてもすぐにお嫁に行ったりはしないわ。私、まだまだあなたと料理をしていたいものっ」

ああ、また心を読まれました。

本当にアンには敵《かな》わないなぁ、なんて思っていると、そこでアンが何かを思い出したように言います。

「そうだ、そんなことよりシャーリィ。あんた、次の予定はいいの？」

「あっ、そうだ。そろそろ、アガタのところに行かないと！」

そう、私には、後の予定がまだまだあるのです。

慌てて片付けようとすると、アンが「片付けは私がやっとくわ。いいから行ってきて」と言ってくれたので、その言葉に甘えて私は次へと飛び出して言ったのでした。

◆
◆
◆

「アガタ、お待たせっ！　ねえ、先に食べちゃったりしてないわよねっ⁉」

農園に駆けつけ、とんがり帽子のアガタにそう声をかけると、彼女は呆《あき》れた様子で言います。

「なによもう、息を切らして走ってきちゃって。あんた、そんなに食べたかったわけ？」

それに私が「もちろんよ、食べたいに決まってるじゃない！」と息を整《ととの》えながら答えると、アガタは困った顔で笑いながら、地面を指さしました。

「今、落ち葉焚《た》きの火を消したところよ。お芋はまだ取り出してないわ」

「わっ、ベストタイミング！　さっそく取り出しましょ！」

と、私は鼻息荒くスコップを手にし、焼けた落ち葉の下を掘り始めます。

すると、やがて大きな葉っぱが顔を出し、土を払ってめくると、その下から蒸《む》しあがったお芋たちがゴロリと顔を出したのでした。

「うわあっ、美味しそう！　良いにおーい‼」

こちらは、アガタが育てたサツマイモ。

季節は秋。なら……焼き芋、するしかないでしょう！

「あんたが言ってたとおり、土で汚れないようバナナの葉っぱでくるんで埋めて、上で落ち葉焚きしたけど。こんなので、本当に美味しく焼けるわけ？」

そうアガタが言うので、私は焼き目のついたお芋を葉っぱでくるんで、さっと差し出しました。

「もちろんよ、これがなにより美味しい調理法なんだから！　さっ、さっそく食べましょうっ」

そして二人して、丸太を加工した椅子《いす》に座り、アチアチ言いながらお芋の皮を剝《む》きます。

するとと、その下から、黄色い美味しそうな身が姿を現しました。

まだアッアツのそれをたっぷりふーふーして、もういいかなというあたりでパクリ。

すると、すぐに私たちは目を輝かせて、二人して声を上げたのでした。

「美味しーい！」

元から甘みの強いサツマイモが、土の中でじっくり蒸されて、ホックホクの甘々に仕上がっています！

ねっとりとしていて、それでいてべちゃりとはしておらず、自然の甘みが極限まで引き出されたサツマイモ。

ああ、これです。これこそが、単純にして最適解な、ある種究極の美味しさなのです！

「うーん、おいっしい！　さっすがアガタ、最高のサツマイモを育てたわね！」

「いや、それだけじゃないわよ、これ。そのまま蒸してもこんなに美味しくないもの。なんで地面に入れただけでこんなに美味しくなるの？　あんた、ほんとなんでも美味しくしちゃうわね！」

二人して、肩を寄せ合い、互いを褒め合います。

焚《た》き火《び》の下で蒸すやり方は、遠赤外線がどうたらと理屈を聞いたことがあるような気がしますが、よく覚えていません。

でも、いいのです。美味しい理屈なんて。

だって、今お芋が美味しいのは。なにより、友達と一緒に食べているからなのですから！

「はー、美味しかった！　やっぱり、秋のお芋は最高ね！」

おっきなサツマイモ一つをぺろりと平らげ、満足げにお腹《なか》をさする私。

アガタ農園は、これから本格的に収穫の時期。

毎日毎日、素晴らしい食材たちが旅立っていく時なのです。

あれやこれやと手を加えたお菓子はもちろん最高ですが、なにも手を加えない、食材そのものの味をいただくのもまた最高というもの。

そして立ち上がり、「美味しかったわ、アガタ！　明日も来るわね！」と私が言うと、アガタは呆れた顔で「あんた、毎日来てるくせに明日も来るつもりなの？」と言いました。

ええ、それはもう。だって、これはアガタ農園の収穫祭なのですから。

アガタと私で毎日お祝いしないと！　なんて力説すると、アガタは小さく笑って言ったのでした。

「はいはい、わかったわかった。明日も待ってるわよ。ほんと、あんたといると退屈しないわ！」

◆◆◆

そして、私が次に向かったのは、メイドキッチンにほど近いお庭の一画。

そこには塔の魔女ことジョシュアが立っていて、走っていく私に気づくとこう言ったのでした。

「遅いぞ、シャーリィ！　待ちくたびれたよ」

「ごめーん、お芋が美味しすぎて！　調整、もう終わってるのね！」

そう、次なる予定は、ジョシュアとの機械の試運転にございました。

なにか欲しい機械はあるか、とジョシュアが言うので、私はあるものを口にしたのです。

そしたらジョシュアはどんどん試作品を作り、ついに実用に耐えうる品を作り出してくれたのでした。

「材料は？」

「もちろん、持ってきたわ！　はいっ！」

そう言って、私は手にした容器をジョシュアに手渡し、そこに設置されている自転車にまたがりました。

ただ、自転車といっても、こちらは走行用ではありません。

それは、タイヤの代わりに台座で地面に固定されており、そしてそのチェーンは長く伸び、後ろの装置に繋がれています。

そう、これは、つまりアレ……人力による、動力源なのでございました。

「よし、始めましょう！　投入してっ！」

「よしきた！」

私がそう言うと、ジョシュアは自転車とチェーンで繋がれた機械に、容器の中身、つまりまだ粒のままのカカオを投入していきます。

そしてある程度入れたところで機械に蓋《ふた》をすると、ジョシュアが言いました。

「よし、まずはこれぐらいの量で試してみよう。こぐんだ、シャーリィ！」

「了解！」

元気よく答えて、勢いよくペダルをこぎ始める私。

すると当然チェーンも回り、繋がれた装置がウィイイインと音を立て始めます。

それは、装置の中で刃が回り、カカオを断ち切りながらかき混ぜている音。

そう……つまりこれは、ミキサーなのでした。

メイドが自転車をこいで動かすミキサー。

すなわち、メイド動力式ミキサーなのでございます！

「いいぞ、シャーリィ、うまく回っているぞ！　もっとだ、もっとかき回せ！」

「うおおおお――っ!!」

蓋を押さえているジョシュアに励まされながら、全力でペダルをこぐ私。

ペダルはなかなかに重く、とても辛《つら》い……けれども、これも全ては美味しさのため！

美味しさのためなら、私、頑張れるっ！

そして、たっぷり十分ほどこぎ続けたところで、ジョシュアの止めが入ったのでした。

「よし、こんなものだろう。一度確認してみよう、シャーリィ」

「ぜえ、ぜえ……。ど、どう？　カカオの具合は」

肩で息をしながら自転車を降り、ジョシュアの元に向かう私。

機械の蓋を開けると、むわっとカカオの濃厚な匂いが立ち上り、そして。

そこには、かなりサラサラになったカカオが顔をのぞかせていたのでした。

「わあっ、凄い！　こんな短時間で、ここまでできるなんて！」

スプーンですくってみて、その状態を確認しながら喜びの声を上げる私。

まだ十分とは言えませんが、ここからなら人力でゴリゴリするのもかなり楽でしょう。

そう、今回の実験は、ミキサーでカカオを細かく砕くためのものだったのでございます。

とにかく大変な、カカオをサラサラにする作業。

ですが、最近はチョコを食べてみたいというお声がけが多く、難儀しておりました。

けど、これを使えば時間を大幅に短縮できます。

それに、労力もずっとずっと小さい！　ああ、文明の利器、バンザイ！

「うーん、でもまだまだムラがあるし、完璧には程遠いな。鍛冶職人と話し合って、中で動き回る刃や入れ物の形などを調整する必要がある。それに、ペダルも重すぎるようだ。まだまだ改良の余地あり、だな」

ですが、ジョシュアは状態を見て不満そうに言います。

私的にはこの状態でも十分ありがたいのですが、ジョシュア的にはまだ未完成のよう。

本当にジョシュアは凝り性ね、なんて私が言うと、ジョシュアは小さく笑って言いました。

「ふふ、別に凝っているだけじゃないさ。ボクの愛《いと》しいメイドさんが、毎日大変そうだからね。少しでも手間を減らしてあげたいのさ。なにしろボクにとって、彼女と過ごす時間はとっても大事なんだからねっ」

そう言って、さっと私の肩を抱き寄せるジョシュア。

実にキザっぽいセリフと動きですが、なんだかそれが妙に様になっていて、悪い気はしません。

今日のジョシュアは、塔の外に出るからと髪をきちんと整え、服もちゃんと綺麗なものを着ています。

そうするとあら不思議、あのズボラなジョシュアがまるで赤髪の美男子のよう。

芝居がかったその動作は、まるで宝塚の、男役の方のようでございます。

ついうっとりとしてしまい、「ジョシュア……」なんてつぶやき、そっと頭をもたせかける私。

ああ、素敵な発明品は作ってくれるし、格好いいし。なんていい友達なのでしょう！

しかしそこで、そんなムードを台無しにする声が飛んできました。

「あなたたち！　そこで、何をやっているのです！」

やべえ、サツだ！

もとい、メイド長だ！

怒鳴り声を上げ、まっすぐこちらにやってくるメイド長。逃げるべきかと一瞬思いましたが、ミキサーもあるし、逃げても後で大目玉を食らうだけ。

なので顔をヒクつかせながら覚悟していると、メイド長はすぐ側まで来て、こう言ったのでございます。

「庭から奇妙な音がすると言われて来てみれば、やっぱりおまえですか。正門の方まで音が響き渡っていましたよ」

ああ、そうか、そうですよね。この装置、動かす時にかなり大きな音がするのも難点なのです。

しかし、まさかそんな遠くまで響いてしまっていたとは。

しまったなあ、と思っていると、そこでジョシュアが口を挟んでくれました。

「まあそう怒らないでくれたまえ、メイド長。これはボクの発明の一環だ。君たちの料理が楽になる道具を贈りたくてね。ミキサー、と言うんだ」

「料理が、楽に……？　はあ……」

と、機械を不審そうに見ながら、生返事をするメイド長。

そして、しばらく考えた後、こうおっしゃったのです。

「発明のためとはいえ、庭でこのような音を出し続けるのは、貴き皆様のご迷惑となります。今後もこれを繰り返すのであれば、メイドキッチンの地下室を一つ掃除させ、それ用に解放しますので、今後はぜひそちらで」

なんと！　地下室くれるんですか⁉

やった！　実は研究用に一部屋欲しいと思っていたのです！

まさに怪我《けが》の功名ってやつですね！

……なんて、こうして以後、実験は地下で行なうこととなったのですが。

実は、これが結構広い範囲に、地鳴りのような音が響いてしまうこととなり。

「王宮の地下から、謎の音がする」なんて噂話が広まってしまい。エルドリア王宮の七不思議の、その一つに数えられることとなってしまったのでした。

◆◆◆
「……ふう。こんなものかしら」

そして、その日の深夜。

その後もジョシュアのご飯を用意したり、お姉さま方と夕食を共にしたりして、後は明日の仕込み作業。

どうにか全てを終えて、私は薄暗いメイドキッチンで、一人つぶやきました。

アンは、私があちこち遊び回っている間にも色々作業をやってくれていたので、先に上がってもらっています。

もう王宮の中は真っ暗で、物音もほとんどしません。

人々は眠りにつき、聴こえてくるのは虫たちの鳴き声。

窓から差し込む月光と、手元に置いたランタンだけが私の頼りです。

いやあ、充実した一日でした。あっちに行ったり、こっちに行ったり。

なにかと大変だけど、いい仕事だなあ。なんて、思っちゃったのでした。

さて、明日も早いので、後はシュババッと眠りにつきたいところですが。

その前に、私にはもう一つお楽しみがあったのでした。

「ふんふーん。さあ、ここからは私だけのお楽しみ！　夜食ターイム！」

なんて言いながら冷蔵庫に飛びつき、ガバッと扉を開ける私。

そしてその奥から、乾燥しないようにふきんを被《かぶ》せておいた食材を取り出し、掲げながらこう言ったのでした。

「じゃじゃーん……にーくーまーんー！」

そう、それは肉まん。

合間を見て作っておいた、私用の、私だけの肉まん！

今日はさんざん人のものを作りましたが、やはり私の原点はこれ。

自分による、自分が楽しむためだけの料理！

一日を、これで締めくくらなくてなんとしましょうか！

「本当は、こんな時間に夜食なんていけないことだけど……いいよね、さんざん働いたんだし！

さあ、美味しく蒸しあがってね！」

ババババッと蒸し器《むしき》を用意し、二つの肉まんを設置していく私。

単純すぎる見た目ゆえ、人様に食事として出すのは躊躇《ちゅうちょ》してしまう品ですが、それでも私は肉まんが大大大好き！

その原点は、日本のほとんどの方がそうでしょうが、コンビニの肉まん。

学生のころの冬の日、部活や塾で疲れた帰り道。コンビニで、ほかほかの肉まんを買って、道端でかぶりつくあの瞬間。

あれもまた、一生、ううん、二生忘れられない、素晴らしき『美味しい』なのでした。

「ふんふーん……まだよね、まだ焦《あせ》っちゃ駄目よシャーリィ。蒸し料理は、タイミングが命なんだから！」

ぶわっと蒸気を上げている蒸し器を見守りながら、自分に言い聞かせるように独り言をつぶやきます。

蒸し料理は一見簡単に見えますが、実際は美味しく蒸しあがるタイミングをバッチリ計らないといけない、繊細な料理なのでございます。

蒸しすぎてベチャッとしてしまうと最悪ですが、しかし蒸しが足りないと味わいも足りない。

ふかふかに蒸しあがる時間を正確に知りたくとも、この世界にキッチンタイマーはありません。

なので、慣れるまで何度も挑戦し、自分の感覚でタイミングを摑《つか》めるようにならないといけない。

その時を、今か今かと待ちわびて、早く栄養をくれと訴えてくるお腹をなだめすかし。

そろそろいくか！　と、蒸し器の蓋を取ろうとした瞬間。

……突如として、私の背後から、誰かの声が響いてきたのでした。

「シャーリィ」

「きゃあっ⁉」

蒸し器に集中しきっていたため、完全に不意を衝《つ》かれた私は、思わず悲鳴を上げてしまいます。

ドキドキと暴《あば》れまわる心臓を押さえながら、何事かと振り返ると、そこには。

あまりにも、予想外の方がいらっしゃったのでした。

「おっ、おぼっちゃま⁉」

そう、そこにいたのは、寝間着姿のおぼっちゃま。

どうしてこんな時間、こんな場所におぼっちゃまがお一人で⁉

私がそう驚き慌てていると、おぼっちゃまがこちらにやってきて、お鼻をくんくん鳴らします。

「良い匂いだ。……お主、まさか、こんな時間に食事をする気か？」

「えっ、あっ、えっ、えとっ……。それは、そのぉっ……！」

私が動揺しまくって言《い》い淀《よど》んでいると、おぼっちゃまはニヤリと微笑《ほほえ》んで、こうおっしゃったのです。

「余にも分けよ。そうすれば、このことは黙っておいてやろう」

「………」

そのお顔は、完全に悪戯《いたずら》をする悪ガキのものでございます。

はあ、と心の中でため息をつき、私はまず疑問についてお聞きすることにしました。

「おぼっちゃま、どうしてこのような時間にお一人で？　すでにベッドに入ってらっしゃるお時間ですよね？」

おぼっちゃまの寝室には複数の警備がついていて、お一人で出歩くことはできないはずなのですが。

「ふふ、実は余の寝室には隠し通路があってな。それを使って、王宮内のあちこちに移動できるのだ。……他言無用であるぞ。余の一人遊びが、できなくなる」

なんと。

王宮というものは隠し通路が必ずあるもの、なんて前世で見聞きしましたが、実際にあるとは。

驚くと同時に、大丈夫かな、と思ってしまいます。以前、侵入者などありましたことですし。

ですが、確かおぼっちゃまは武術も日々学んでいて、もうそこらの大人には負けないほど強いとか聞きましたし、杞憂《きゆう》かもしれません。

（しかし、そうか。時々噂で聞く、夜の王宮を駆け回る少年の影の噂。あの正体は、おぼっちゃまだったのか……）

幽霊だとか言われてましたが、現実はこういうものですね。

幽霊の正体見たり、枯れ尾花というやつでございます。

「ええと……それで、おぼっちゃま。歯の方は……」

「すでにさんざん磨《みが》かれた後だ。だが、一晩ぐらい構うまい。どうせ朝にはまた嫌になるほど磨かれるのだし」

寝る前のおぼっちゃまに夜食なんて、と思いましたが、そういうお返事。

本当にいいのかしら、なんて私が悩んでいると、おぼっちゃまは背伸びしながら蒸し器を覗《のぞ》き込《こ》み、こうせがんだのでした。

「シャーリィ、これはまだ蒸すのか？　余は匂いが気になってたまらぬ。なんという料理なのだ。はよう見せよ」

……駄目ですね。

立場的にも、心情的にも、私はおぼっちゃまには逆らえません。

しょうがない、と覚悟を決めて、そっと蒸し器を取り上げ。

ぱかっと蓋を開けると、私はその中身を見せながら、笑顔で言ったのでした。

「こちら、肉まんにございます！　では一つずつにいたしましょう、おぼっちゃま」

「おお――……！」

蒸し器の中でホカホカと湯気を上げている肉まんを見て、おぼっちゃまが歓声を上げました。

白くて中身の見えないその姿からは、どういう料理か想像できないことでしょうが、匂いでとても美味しいものだとは伝わっているようでございます。

「うむ、美味しそうだ。ではさっそく……」

しかしそこで、いきなり手を伸ばされたので、私は慌てて蒸し器を引っ込めます！

「おっ、お待ちください、おぼっちゃま！　こちら、たいそうお熱くなっております。御手をやけどしてしまいますわ！」

「おお、そうか……そうだな。余としたことが、匂いに惑わされてしまった」

しまったという顔をするおぼっちゃま。ああ、でも気持ちはよくわかります。

肉まんの匂いを嗅いじゃったら、すぐに手に取りたくなりますよね。

直接持たなくていいよう、私は肉まんを綺麗な布で包みますが、まだホカホカの肉まんは、噛んだらやけど間違いなし。

手渡す前に冷まさなきゃいけないけど、おぼっちゃまを待たせるわけには……。

そう思ったところで、私は妙案を思いつき、おぼっちゃまにこう言ったのでした。

「おぼっちゃま。よろしければ、お庭で、星を見ながら食べませんか？　今は、ちょうど星の綺麗な季節でございますし！」

◆　◆　◆

「おおっ……。凄いな、これは！　そういえば、さすがに夜の庭に出たのは初めてだ！」

満天の星を見上げながら、おぼっちゃまが感嘆の声を上げます。

秋の空は、空気が澄み、星が特に美しく見えるもの。

星々はその美しさを競い合うようにまたたき、真っ黒な空を綺麗に飾り立てていました。

「おぼっちゃま、どうぞこちらへ」

そう言って、私はメイドキッチンから持ってきた椅子を置きます。

わかった、と言って椅子に腰掛け、星を見上げるおぼっちゃま。

それを微笑ましく見つめながら、隣の椅子に腰掛け、私はもう食べられる程度に温度が下がった肉まんを差し出しました。

「はい、おぼっちゃま、こちらをどうぞ」

「うむ、ではいただくとしよう！」

待ってましたとばかりに、肉まんにかじりつくおぼっちゃま。

そして、あむあむと美味しそうに頬張って、ニッコリと微笑みを浮かべたのでした。

「なんと、中身は肉であったか！　良いなこれ、実に良い！　この白い生地が、もっちりとしてと

ても好ましい。そしてそれが、中の独特な味付けの肉と実にマッチしておる。うむ、良い！」

そんなことを言いながら、どんどん肉まんを食べ進めていくおぼっちゃま。

本当におぼっちゃまは美味しそうに食べるので、こちらも見ているだけでお腹が空いてしまいます。

普段のおやつタイムなら、私はそれを見ていることしかできません。

しかし、しかし。なんと、今、私の手には同じ肉まんがあるのでございます！

しかも、一緒に食べてよいときています。ならば、こちらもいざ！　と、勢いよくかぶりつく私。

すると、アツアツ肉まんの中から、お肉やキノコがたっぷり入ったあんのうま味が一気に吹き出してきて、我が口内で暴れまわったのでした。

「うううう――――ん！　おいっしい！」

今日のあんは汁け多めに作ったのですが、それが大ハマリ！

とびきり良くできたもっちり皮と合わさり、とてつもない美味しさとなっておりました。

もちろんそれは肉まんの出来だけではなく、頑張った一日の最後に食べるご褒美だからであり、また素敵なお庭で星を見上げて食べているからでもあり。

そして、なにより。

おぼっちゃまと、一緒に食べているから……なのでしょうけども。

（なんだか、とっても特別だわ）

私は、どうしようもなく、そう思ってしまったのでした。

◆　◆　◆

「おぼっちゃま、お茶でございます」

「うむ、ありがとう。……肉まん、実に美味しかった！　余は感動したぞ。夜食というものも良いものだな、シャーリィ」

そして、二人して肉まんをぺろりと平らげた後、温かいお茶をお出しする私。

そしてそう興奮気味におっしゃるおぼっちゃまの肩に、私はそっと自分の上着《うわぎ》をおかけしたのでした。

そろそろ気温も下がってきておりますし、おぼっちゃまに風邪をひかせてしまうわけにはいきません。

なにしろ、この時代では、どんな病気であれ命に関わりますし。

まともな医療がない、ということは、そういうことなのでございます。

いえ、そうでなくともおぼっちゃまに病気などさせられませんが。

「…………」

そして、沈黙し、並んでじっと星を見上げる私たち。

ですがそれは気まずいものではなく、どこか満たされた、穏やかな時間でございました。

いつまでもこうしていたいところですが、そういうわけにもいきません。

どこかで話を切り出して、おぼっちゃまを部屋にお戻ししないと。

そんなことを考えていると、そこで、私の手に何かが当たりました。

なんだろう、と見てみると……それは、おぼっちゃまの手でございました。

おぼっちゃまが、そっと私の手を握っているのでございます。

「……おぼっちゃま？　どうかされましたか？」

「………………」

私はそう尋ねましたが、おぼっちゃまはなにも答えず、じっと空を見上げています。

なんだか、その瞳が妙に悲しそうで……私は、たまらなくなって、そっとその手を握り返したのでした。

おぼっちゃまの手は、ほんのりと温かく。

そのまま、私たちはもう少しだけ、星空を見上げて過ごしたのです。

そして——この時の私は、おぼっちゃまが私の手を握った理由を、まだちゃんと理解できずにいたのでした。

◆　◆　◆

「なあ、頼むよお兄ちゃん！　可愛《かわい》い弟を助けておくれよ！」

ある日の王宮の、厨房《ちゅうぼう》。

そこに、ランチシェフのローマンの声が響き渡りました。

「あの日……忌々《いまいま》しいメイドどもに負けたあの日から、ワシには立つ瀬がないんだよ！　どこに行っても『あれがメイドに負けたシェフか』って笑われて、生きた心地がせんのだ！　ランチの依頼も減って、ワシの威厳は丸つぶれだ！　頼む、弟の仇《かたき》を討っておくれよ！」

哀れっぽい声を上げて、必死に拝み倒すローマン。

ですが、彼の前に立つ男性……でっぷりと太って、見事なヒゲを蓄《たくわ》えたコック服の男性は、ふんと鼻を鳴らして言ったのでした。

「馬鹿め、メイドたちを舐《な》めたおまえが悪いのだ。あれらとて、王宮の中でずっと生き延びてきている、立派な料理人。簡単に蹴散らせるわけもなかろうに。自分の愚かさのツケは、自分で払わんか」

そうつれなく言う彼の名前は、マルセル。

この王宮の総料理長にして、ディナーを取り仕切るディナーシェフでもありました。

そして、そんな彼は、なんとローマンの兄でもあるのです。

そう、彼らは天才料理人兄弟として名を馳《は》せる、実の兄弟なのでした。

「そう言うなよぉ、お兄ちゃん！　これはコック全体の威信に関わる話だぜ！　あのメイド、ランチも出すようになって、しかも滅茶苦茶《めちゃくちゃ》珍しくて美味しいって大評判なんだ！　このままじゃ、ワシらの地位も怪しくなるぞ！」

「馬鹿な、今だけだろうそんなこと。貴人の皆様は、飽きっぽい。おやつはともかく、ランチはすぐにおまえに戻ってくるわい」

料理の仕込みをしながら言うマルセルのそれは、正確な読みでした。

ハンバーガーが物珍しいとはいえ、それはあくまで珍しい止まり。

王宮に来たならやはり豪勢な宮廷料理を、と、流れはやがて戻ってくるでしょう。

……もっとも、シャーリィはここぞとばかりにハンバーガー以外も出そうと画策していたので、それはだいぶ先になりそうでしたが。

そして、それにローマンはぶすっとした顔で言ったのでした。

「お兄ちゃんは、あいつの料理を食べてないからそう思うんだ。あのソースは、考えれば考えるほど異常だ。この国の常識から逸脱しすぎている。本当に、まるで違う世界から飛んできたかのような発想……あの小娘、とてつもない天才か、完全なる異常者かのどちらかだぞ！」

そう、あの時食べたソースの味を、ローマンはいまだに忘れられずにいたのでした。

あの、いくつもの味が重なり合い、とてつもない相乗効果を発揮するソース。

悔《くや》しくて、悔しくて、ローマンは何度も何度も再現しようと努力しましたが、まるでたどり着けずにいたのです。

「それに、あの時のウィリアム様の、楽しそうな笑顔……！　ワシは、ずっとお仕《つか》えしているのに、あんなお顔見たことがない！　悔しくて悔しくて、ワシはもうどうにかなりそうだ！」

「……なに？」

ローマンがやけくそ気味にそう言った瞬間、ほぼ話を聞き流していたマルセルが、ピクリと反応しました。

そして、仕込みをする手を止め、ゆっくりと振り返ると、低い声で言います。

「ウィリアム様が、お食事の時間に、楽しそうに笑っていた……だと？　本当か」

「へっ？　あ、ああ、そうだよお兄ちゃん。本当に、子供っぽく楽しそうに笑ってらっしゃった。いつも大人びてらっしゃるのに、こんなお顔もするんだなって……」

戸惑《とまど》いながらもローマンがそう説明すると、マルセルは深く考えこみ。

そして、やがて弟の顔を見ながら、こう言ったのでした。

「なるほどな。興味が湧いた。……いいだろう。俺とおまえとで、やってみようじゃないか」

こうして、料理人兄弟それぞれの思惑《おもわく》が、やがてシャーリィを大きな騒動へと巻き込むことになるのですが……。

それは、次のお話で。

第七章　ディナーシェフの挑戦

「たのもーう！」

そんな威勢のいい声がメイドキッチンに響いた瞬間、私は思わず「うげえ」という顔をしてしまいました。

隣のアンもうげえってなってたし、メイドの皆もなってたし、なんならジャクリーンなんて「うげえ」と声に出てました。

なぜなら、その声は、私たちがとっっっっても苦手な相手……そう、ランチシェフの、ローマンさんのものだったからです。

「……今度はなんのご用ですか、ローマンさん」

本当は相手をしたくないのですが、どうせ用があるのは私。

他のみんなの迷惑になる前にと、渋々応対に出ると、ローマンさんはニヤリと笑ってこんなことを言い出したのでした。

「おまえに再戦を申し込みに来た！　ワシと勝負しろ、小娘！」

「嫌です」

予想どおりのことを言うローマンさんに、食い気味で返事をする私。

すると、ローマンさんは「ぬうっ⁉」などと、トボけた声を上げました。

「なぜだ、なぜ断る⁉」

「なんでって、こっちにはする理由がないですし」

そう、前回の勝負でしっかりおやつメイドの実力を示した私たちに、また勝負する理由などひとつもなし。

むしろ日々の生活の重しとなるし、できればローマンさんとは二度と関わりたくないしで、しない理由の方が多いのでした。

それに、今の時刻は昼過ぎ、おやつタイムの前。

今はまさに大事な仕上げの時間。こんな人にかまってる時間はないのです。

だから、とっとと帰って欲しいところ、なんですが。

「ええい、馬鹿な、臆したか！　ワシとの勝負に恐れをなして、不戦敗になるつもりか⁉　ワシの勝ちでいいのか、そう言って広めるぞ、いいのかおい！」

……なんでそうなるの……。

はあ。この人は、本当に考え方が自己中心的で困ってしまいます。

さて、どう言いくるめるべきか、なんて思っていると、そこでクリスティーナお姉さまが援護射撃をしてくださいました。

「ローマンさん、一度負けておいて、また対等に勝負しようなんてあつかま……失礼ですわ。それに、前回はあなたに合わせてランチで勝負をしたのです。どうしてもというのならば、勝手に挑戦者として、おやつタイムに挑んできてはどうですか」

「なっ、なにっ⁉　おっ、おやつタイムでだとぉ……」

その鋭い一言に、動揺が隠せないローマンさん。

そりゃランチで負けたのに、こちらの得意分野で勝負はしたくないことでしょう。

しかも、おやつタイムは私たちのテリトリー。迂闊《うかつ》に入ってきたなら、骨まで食い散らかしてやる所存です。

するとローマンさんは周りをキョロキョロ見回し、メイドたち全員がネズミをいたぶる猫の目をしているのに気づき、汗をかいてじりじりと後退《あとずさ》り。

苦し紛れに、こんなことを言ったのでした。

「ふっ、ふん、おやつでも今度こそワシが勝つがな！　……ちなみに小娘、おまえは今日のおやつに何をお出しするのだ？」

「今日ですか？　こちらですが」

そう言って、皿に載ったお菓子を差し出す私。

その上には、薄いラングドシャクッキーを、くるんと筒状に焼いたお菓子が載っておりました。

そう、それは、いわゆるラングドシャロール。

しかも、ただのラングドシャロールではございません。

中にチョコレートを流し込んだ、チョコラングドシャロールなのでございます！

噛《か》めばさくっと割れる、素晴らしき食感のラングドシャ。

これは、それからさらにチョコの味わいまで楽しめるという、とっても素敵なお菓子なのでございます！

私はこれが大好きで、前世では常に棚にストックしていたほどでした。

「ふ、ふうん。またなんとも、奇妙なおやつを出しおるわ。どれ」

「あっ！」

食べていいなんて言ってないのに、勝手にチョコラングドシャロールを取ってしまうローマンさん。

そのまま、しげしげと中を覗《のぞ》き込《こ》み始めます。

「この、中の黒いの……これが、王宮内で噂《うわさ》になっているチョコとかいう品か？　馬鹿な、泥のようで、とても美味そうには見えんぞ。ふん」

言いつつ、チョコラングドシャロールをパクリと口にするローマンさん。

すると、サクッという気持ち良い音が響き、そしてローマンさんが目を見張りました。

「……ふっ、ふうん。なるほど……ふん。こういう感じか。ふ、ふうん……」

言いながら、チョコラングドシャロールをサクサクと、夢中で食べ進めるローマンさん。

美味《おい》しいなら、美味しいって言えばいいのに。

そしてまたたく間に一本完食し、あろうことか次に手を伸ばそうとしてきたので、私は慌てて皿を隠しました。

「ぬう、なんじゃ、ケチケチするな！　もっと味を調べさせろ！」

「だーめーでーすー！　これは、おぼっちゃまのために作ったんです！　ヒゲのおじさんのために作ったんじゃありません！」

こちらを睨《にら》みつけながら、おやつを奪い取ろうとしてくるローマンさんを、睨み返しながらしっしっと追っ払う私。

本当に、なんてあつかましい人なんでしょう。よりにもよって、おぼっちゃまのおやつを奪おうなどと！

それにこれは、万が一おぼっちゃまがお残しになった場合、私のおやつになるのです。

それを食べさせてなるものですか！

なんて私たちがやりあっていると、そこで、ゴスッとローマンさんの後頭部を誰かが叩《たた》きました。

「いてっ！」

「馬鹿者、いつまで待たせるつもりだ。自分が何をしに来たのか、忘れておるのかおまえは」

後頭部を押さえているローマンさんの後ろから、誰かがそう言い、のっそりとキッチンに入ってきます。

そして、その顔を見たとたん、クリスティーナお姉さまが驚きの声を上げました。

「まあ、あなたは、ディナーシェフのマルセル氏……！　あなたほど偉い方まで、なんのご用ですか」

ええっ、ランチシェフの次はディナーシェフ⁉

なんなんですかこれ、ゲームで中ボス倒したら大ボスが出てきた、みたいな感じじゃないですか！

マルセルと呼ばれたコック服のおじさんは、でっぷりと太っていて、しかもなんと、ローマンさんとおそろいのヒゲをしておりました。

よく見ると顔立ちもなんとなく似ているし、まさかまさか……なんて思っていると、そこでローマンさんが困った顔で言います。

「なんだよお兄ちゃん、まだワシが交渉してるだろ！　もうちょっと待っておくれよ！」

……お兄ちゃん！　お兄ちゃん、ときましたか！

うわあ……この人たち、兄弟だ！　やだなあ！

ま、まさか弟の仇《かたき》でも討ちにきたの⁉　なんて私が戦々恐々としていると、そこでマルセルさんが予想外の行動に出ました。

なんと、彼は私たち全員に向かって、深々と頭を下げたのでございます。

「いきなりやってきて、失礼した。この前の騒動は、聞いておる。うちの弟が、愚かな言動で君たちを愚弄したと。申し訳ない。兄として、そして総料理長として謝罪させていただきたい」

なんと……理性的！

あのローマンさんの兄とは思えない、常識的な対応です。同じ兄弟でも、態度がぜんぜん違う！

などと私が驚いていると、ローマンさんが不満そうに声を上げました。

「やめてくれよお兄ちゃん、それだと俺が悪いやつみたいだろ！」

「おまえは悪いやつだろうが、馬鹿者。反省して、おまえも頭を下げんか」

「あいてっ！」

それを叱《しか》りつけ、ポカリと頭をはたくマルセルさん。それを見て、私はようやく理解しました。

ローマンさんって変な人だなあ、ってつくづく思っていましたが、なるほど。

つまりこの人は、『有能な兄の困った弟』ポジだったんですね！

つまり、これがローマンさんの完成形。こういうスタイルの、コンビ芸人だったんだ！

……いえ、芸人ではないですけども。

「とにかく、そういうことだ。それに、一件を穏便に済ませてくれたことにも感謝する。本当に申し訳ない」

「い、いえ、まあ終わったことですし。それはいいのですが……では、今日はその謝罪のためにいらしたのですね？」

若干戸惑《とまど》いつつも、ちょっと安堵《あんど》した様子のクリスティーナお姉さま。

そうですよね、いくらなんでも次はディナーで勝負しろなんて言ってくるわけが、

「いや、それもあるが、それだけではない。実は、シャーリィとかいうメイドの者と、ディナーで勝負したくてやってきた」

あった!!　ありました!!

ああ、やっぱそうなんですね！　やっぱりこの人、ローマンさんのお兄ちゃんだ!!

しかも、名指し！　私を名指しです！

うわあん、狙い撃ちしてきたぁ！

そして、その一言で警戒心を強めたお姉さまたちが、一斉にじりっと距離を詰めて、シェフ兄弟

を取り囲み始めました。

「まさか、総料理長ともあろう方までそのような！　また私たちの領域を脅かすつもりですか⁉」

「弟の仇を討つつもりですか？　しかも、得意なディナーで勝負なんて、またもや卑怯《ひきょう》な！」

「そこまで私たちを潰したいのですか。シャーリィは、今や私たちのエース。彼女を狙い撃ちにするなんて許しませんよ！」

殺気立った言葉と視線を送るお姉さまたち。

ですが、マルセルさんは困った表情を浮かべ、こう言ったのでした。

「違う違う。勝負といっても、そういうものではない。君たちの権利を害したり、馬鹿にする意図は一切《いっさい》ない。私は、ただ」

そして、マルセルさんはすっと私の方を見つめ、こう続けたのです。

「おぼっちゃまを笑顔にしているというメイドが、ディナーにどういう料理を出すのかが知りたいだけだ。……君がシャーリィだね？　どうか、お願いできないだろうか」

真摯な態度で、私にそう言うマルセルさん。

その目を見た時、私はどきりとしてしまいました。

その目が……優しいながらも、なにか深い悲しみのようなものを感じさせたからです。

（……どういうつもりだろう……。なんで、こんなことを？）

ローマンさんのように、メイド憎しで勝負を挑んでくるような人には見えません。

まさか、本当に私が何を出すのか見たいだけ？　でも、それなら勝負の形式にする必要があるでしょうか。

悩んでいると、アンがやってきて、そっと私に耳打ちしました。

「騙《だま》されちゃ駄目よ、シャーリィ！　なんのかんの言って、勝負に勝ったら何を言ってくるかわからないわ。あのローマンのお兄さんだなんて、まるで信用できないもの。これは罠《わな》よ……！」

なるほど、それは確かに言うとおりです。

せっかくみんなで頑張って勝利したのに、それを台無しにされては敵《かな》いません。

さてどうすべきか、と私が思案していると、そこでローマンさんが口を挟んできました。

「ま、まあ、そう警戒するな。一応勝負である以上はな、勝敗はつける。それに、ワシとお兄ちゃんの二人で挑ませてもらうがな。そしてワシらが勝った場合は、前回と合わせてイーブンということになるだろう！　これはしょうがない！　だが、もう貴様らからおやつタイムを奪おうなんて気はないから安心せい、がはは！」

なんて、もう勝った気で笑うローマンさん。しかし、それは聞き捨てなりません。

つまり、ディナー勝負をするとしたら、マルセルさんとローマンさん、両方と戦うってこと⁉

それって、この王宮のツートップと勝負するってことじゃないですか！

「すまんな。これがどうしても、自分も参加する勝負にしたいとうるさくてな。だが、大事にはしたくないので、部下には手伝わさせん。そちらもメイド全員ではなく、君たち二人だけで出してもらいたい。それでどうだ？」

どうだ、と言われましても、先ほど言ったとおり、こちらには勝負する理由がありません。

それに、前回の勝利は、お姉さまたちに大いに助けられてのこと。それを切り離されたら、私たちにどれぐらいのことができるやら。

アンと二人だけでおぼっちゃまのディナーを用意するというのも、とんでもなく大変なことですし、それに、唐突にディナーだと言われても何を出せばいいのやら。

やはり夜はちゃんとした食事がいいでしょうが、王子様であるおぼっちゃまにお出しすべき料理が、パッと思いつきません。

お米があればいくらでも考えられるんだけどなあ、なんて私が困っていると、そこでマルセルさんが意外な提案をしてきました。

「難しいか？　なら、どうだ。一度、おぼっちゃまのディナーを見学に来ないか。それを見て、そちらが出す気になったなら勝負としよう。それでどうだ」

なんと。まず自分の出すディナーを見せて、やる気になったなら勝負にしようとは、随分な譲歩です。

そこまでして勝負がしたいのでしょうか。

そこで私はうーんと悩んで。しかし、結局はこう答えたのでした。

「わかりました、では、見学だけでもさせていただきますわ」

ええ、見るだけならタダですし。

それに……それに、おぼっちゃまのディナーに、なにが出ているのかも気になりますし！

ああ、どんな豪華なディナーなんでしょう。あわよくば、私も試食とかできないかしら。

なんて、私は夢見がちに思っていたのですが……事は、そんなお気楽には進まなかったのでした。

◆◆◆

「ウィリアム様が、お出《い》でになります！」

王族の皆様がディナーをとるためだけに作られた、とっても広くて豪華なダイニングルーム。

そこに、執事の方の声が響き渡りました。

やがておぼっちゃまが室内に入ってくるのを、私はその隣の部屋から盗み見ています。

見学に招かれたディナータイム。ですが、私が姿を現《あら》わすと普段どおりのディナーにならないかもと、隣室の扉の隙間《すきま》からこうして見ているのでした。

「な、なんだかいけないことをしてるみたいね、シャーリィ」

「しっ、アン、静かに。おぼっちゃまに聞こえちゃうわ……！」

二人して身を寄せ合い、コソコソと言い合う私たち。

おぼっちゃまは相変わらず天使のように可愛《かわい》らしいですが、なんだか今はちょっと元気がないご様子。

一日中、仕事に追い立てられ、勉学や鍛錬も間に挟まり、疲弊してらっしゃるのでしょう。

その様子は、まるで塾や習い事をぎゅうぎゅうに敷き詰《しつ》められた、現代の子供のようでもありました。

（夜は、あんなに疲れた顔をしてらっしゃるのね……）

肉まんの時は、あんなに辛《つら》そうではなかったのですが、元気なふりをしていただけなのでしょうか。

そんなことを考えていると、ワゴンの列がダイニングに入っていき、おぼっちゃまの前に食事を並べ始めました。

「うわあっ、すっごい……！」

それを見て、私は思わず声を上げてしまいます。

なにしろ、それは信じられないほど豪勢なディナーだったのですから！

小豚の丸焼きに、巨大な塊肉から切り出した分厚いローストビーフ。

華麗な魚料理や貝料理、さらには山盛りのエビやカニ。

考えつくだけの豪勢な食事が所狭しと並び、小さなおぼっちゃまはそこに埋もれてしまいそうなほど。

それが全て、おぼっちゃまお一人のためだけに用意されていたのです！

（凄《すご》すぎる……これ、勝負するとかそういう問題じゃなくない⁉）

それは、きっと誰もが羨《うらや》む食卓です。

夢の中で見る、マックスレベルに豪勢な食事。それが、現実のものとなっているのです。

毎日お疲れのおぼっちゃまのために、最高の食卓を。

少しでも癒《い》やされるよう、完璧を超えた夕食を用意しよう。

そこには、そういう気概がたっぷりと込められていました。そんなところに、どうして私の料理が入り込む余地があるでしょう。

こんなの、勝負する必要がどこにあるのか……そう、思ったのですが。

（えっ……）

やがて、食事を始められたおぼっちゃまを見て、私は驚いてしまいました。

いつもどおり、次から次へと勢いよく食べ進めていくおぼっちゃま。

きっと、料理の数々はとっても美味しいことでしょう。

でも……なぜか、そのお顔を、そして様子を見て、私は。

どうしようもなく……どうしようもなく、こう思ってしまったのです。

（……なんて。なんて、寂しい食卓なのかしら……）

広い部屋で、豪勢な料理とたくさんの執事の皆さんに囲まれているおぼっちゃま。

でも、そのお姿は、どこか小さく、どこまでもお一人で。

それは……一緒に食べる家族もなく、静かな部屋で一人、コンビニ弁当を口にしているような子供。

そんな子と、どうしようもなく被《かぶ》って見えてしまったのです。

（……いつも……いつも、こんな夕食を過ごしてらっしゃったのね）

お母様がお亡くなりになり、お父様である王様も病《やまい》に倒れ、たった一人のおぼっちゃま。

王族専用の広いダイニングルームで、たった一人の、おぼっちゃま。

それを考えると……私は、胸が張り裂けるような思いでした。

「……どうだ？　どう思う」

私たちの背後から、マルセルさんがそう声をかけてきました。

振り返り、私が何かを言おうとすると、そこでローマンさんが得意げに口を挟みます。

「ふふふ。まあ、お兄ちゃんのディナーを見たら戦意喪失するのはしょうがない。あれより上等なものは、この国の誰にも用意できんだろうからなあ。まあ無理に勝負とは言わん。今回はワシらの勝利ということで……」

ですが、それは私の耳には入ってきませんでした。

私は、マルセルさんに深々と頭を下げると、はっきりとこう言ったのでございます。

「わかりましたわ、マルセル様。今回の勝負、受けさせていただきます」

「なにっ⁉」

驚きの声を上げたのは、ローマンさんでした。

アンも、驚いた顔でこちらを見ています。

ですが、マルセルさんだけは、そうなることがわかっていたように、じっとこちらを見つめていました。

「そうか……感謝する。では、勝負は一ヵ月後としよう。互いに夕食を出して、おぼっちゃまに選んでいただく。先に出すのは、君の方でいい」

「かしこまりました」

そう言葉を交わすと、マルセルさんは背中を向けて行ってしまいました。

ローマンさんも、キョロキョロと挙動不審になりながらも、その後についていきます。

そして、私たち二人きりになると。アンが、勢いよく飛びついてきました。

「ちょっとシャーリィ、本当にいいの⁉　ランチの時より、ずっと厳しそうなんだけど！　しかも、今回は二人きりなのよ、私たち！」

ひどく動揺した様子のアン。

それに私は小さくうなずくと、そんな彼女の手を取り、こう言ったのでした。

「ごめんね。でも、お願いアン。私、おぼっちゃまにどうしてもディナーをお出ししたいの。だから、一緒に頑張って欲しい」

そう告げると、アンはしばらく戸惑っていました。

ですが、やがて凄く真面目な顔で私を見つめ返すと、ぎゅっと手を握り返してこう言ってくれたのです。

「もちろん！　あんたがやるなら、私もやるわ。地獄でも付き合うわよ！　……出したい料理は、もう決まってるのね？」

ええ、それはもちろん。

今回のテーマは……『特別な日のディナー』。

待っていてください、おぼっちゃま。

私が、必ず夢のディナーへとお連れいたしますわ。

◆　◆　◆

「それで、まんまと勝負を受けちまったってのかい⁉　はあ……あんたってやつは、本当に！」

メイドキッチンに、クラーラお姉さまの呆《あき》れた声が響きました。

翌日、勝負を受けたことを告げると、メイドのみんなが心配そうな表情を浮かべたのでした。

「受ける必要、全然ないじゃない！　もう、あんな勝手な人たちに振り回されなくていいのに！」

「メンツのために、また自分たちの得意分野で勝負しろなんて、勝手な言い分もいいところでしょ。断っても、誰もなんとも思わないわよ」

「そうそう、そもそもあんたたち、今大忙しでディナーの練習してる時間なんてないじゃない！

今からでも遅くないわ、代わりに断ってきてあげようか？」

なんて、口々に言ってくださるお姉さまたち。

その気持ちは凄くありがたいのですが、私は決意を込めてはっきりとこうお答えしたのでした。

「ありがとうございます、お姉さま。でも、私、どうしてもおぼっちゃまにディナーをお出ししたいんです！」

「………………」

それを聞いて、黙り込むお姉さまたち。

やがて、クリスティーナお姉さまがふうとため息をついて、こうおっしゃってくださったのでした。

「あなたは、言い出したら本当に聞かないんだから……。わかったわ。じゃあ、二人きりじゃ大変だろうから、うちの班から、日常業務に一人助けを出すわ」

「えっ！」

それは意外な申し出でした。

クリスティーナお姉さまの班だって十分に忙しく、一人減ると影響が大きいはず。

そこまでご迷惑をかけるわけには、と口にしようとすると、それを遮《さえぎ》るように二班のクラーラお姉さまがおっしゃいました。

「うちからも一人出そう。アンは元々うちの子だからね。こういう時ぐらい、助けてあげないとね」

「クラーラお姉さまっ！」

その言葉に、感動の声を上げるアン。

そして、三班のエイヴリルお姉さまも穏やかな笑みで、こう言ってくださったのでした。

「うちの班は貴族の皆様へのおやつ出しがないから、下ごしらえは全員で手伝えるわ。いい機会だから、下に入って勉強もしたいし。それでどうかしら？」

「えっ、そ、それはもちろん凄く嬉《うれ》しいのですけど……いいのですか？」

おずおずと尋ねる私。

だって、エイヴリルお姉さまは私よりずっと上のメイドです。それが、私の下になんて。

そう戸惑っていると、エイヴリルお姉さまは私の両肩に手を添えながら、こうおっしゃってくださったのでした。

「いいっていいって。私、あなたの料理にかける情熱にいつも感動しているもの。手伝いができるなら、むしろ光栄だわ。それに私たちも、あなたの技術を学べるならお得ですもの。ねっ」

「お姉さま……！」

それならばお願いします、と頭を下げる私。

しかし、いくら利があるとはいえ、後輩の下につくなんて普通はできません。

本当に、人のできた方……私も、こうありたいものです。

そして、最後。

遠巻きに様子を見ていたジャクリーンに、クラーラお姉さまが声をかけました。

「それで？　あんたんとこはどうする、ジャクリーン」

「………………」

ジャクリーンの四班と、他班との仲はまだ少しだけギクシャクしたままでした。

できればこの機会に交流したいところなんだけど、なんて思っていると、そこでジャクリーンが口を開きます。

「手伝いで空いたお姉さまたちの穴を、私の班で埋めるというのはどうですか。私たちもまだまだ勉強が足りませんので、学ばせていただきたいです」

なるほど、それはいいアイデアかもしれません。それならジャクリーンのメンツも立つし、交流にもなります。

そしてクリスティーナお姉さまも小さくうなずいて、こうまとめられました。

「ではそれで。せっかくの機会なのだから、それぞれが成長できる時間にしましょう。全ては、おぼっちゃまのより良《い》い時間のために。頑張りましょう」

それにみんなで「はい、お姉さま！」と返して、作業に向かう私たち。

これでありがたい支援もいただけました。

まずはいつもの基本動作として、鍛冶屋のアントンさんに発注しに行って、それと、塔の魔女ジョシュアとも相談しなければなりません。

はたして、一ヶ月でどこまでやれるか。でも、やるしかありません。

ですが、そんな風に私たちがあれこれ考えている間に。

あのローマンさんは、まーた悪だくみをしていたのでした。

◆　◆　◆

「ううむ。まさか、あのメイドがまた勝負に乗ってくるとはな。それに、あの表情。さてはまた、なにかいかがわしい案があるに決まっておるわ」

王宮の厨房《ちゅうぼう》に、ローマンの不満そうな声が響きました。

厨房の中を、腕を組んでうろうろしながら、苛立《いらだ》った様子で独り言を言うローマン。

今度こそ負けるわけにはいきませんが、生意気なメイドの態度がどうにも気になって仕方ありません。

「それに、妙なのがお兄ちゃんだ。勝負をするというのに、どことなく腑抜《ふぬ》けた様子。一体何を考えておるのやら」

その視線の先には、わずかに背中を丸めて、料理の下ごしらえをしているマルセルの姿がありました。

そう、兄であるマルセルは、勝負が決まってからもどこか集中を欠き、勝負用のディナーの開発にも消極的。

それが余裕なのか、やる気がないだけなのか、いまいち判断がつきません。

「どうにか、お兄ちゃんのやる気に火をつけないとやばいかもしれんな。だが、どうやって……おお、そうだ！　あれを手に入れるといいぞ！」

そこで、良いことを思いついたとばかりにほくそ笑むローマン。

そして厨房を飛び出していった彼を見て、他のシェフたちは「あの人、腕は良いのにどうしてこう小物っぽいんだろうなあ……」と心の中でつぶやいたのでした。

そして、それから少し後。

手に何かを持ったローマンが厨房に駆け込み、大声を上げます。

「お兄ちゃん、お兄ちゃん！　やったぞ、手に入れてきたぜ！　ほら、こいつを見てくれ！」

それに、マルセルが苛立った様子で応《こた》えます。

「ええい、なんだやかましいやつめ。また何を手に入れてきたというのだ」

「これだよ、ほら、あのメイドが得意なソースだ！　こっそり手に入れてやったわい！」

大喜びなローマンの手の中には、鮮やかなソースの付いた布が握られていました。

そう、それはシャーリィたちが、貴族たちにハンバーガーを出した時に包んだ布。

ハンバーガーは綺麗《きれい》になくなっていましたが、そこにはシャーリィ特製のハンバーガーソースが付いていたのでした。

「なんと。おまえ……まさか、盗んできたのか？」

「なんだいお兄ちゃん、盗むなんて人聞きの悪い！　ちょいと借りてきただけだ。どうせ、使い終わった布なんて誰も気にせんわい！　さあ、味を盗もう、お兄ちゃん！」

そう言ってイヒヒと笑うローマンを、マルセルは呆れた表情で見ましたが、しかしソースには確かに興味があったので、それを指ですくって一舐《な》め。

そして、ハッと驚いた顔をしたのでした。

「なるほど……これは凄い。なんという複雑な味わい……いくつもの味が合わさり、高度に築き上げられている。まさか、これほどのものを、あんな若さで作ったというのか？　信じられん！」

「だろう、お兄ちゃん。あいつはヤバい奴《やつ》だ、余裕をカマしてる場合じゃないぜ。……それで？　どうだい、何でできてるかわかるかい」

期待の籠《こ》もった声でローマンが尋ねると、マルセルはしばし考えた後、こう答えたのでした。

「……卵を調理したものをベースに、タマネギ、ニンニク、きゅうりのピクルス、それと白ワインビネガー。未知の味わいもあるが、それらを合わせてあるのだろう、おそらくは」

それは、確かにシャーリィが作ったソースの材料の、そのほとんどでした。

そう、マルセルは、わずかな量を口にしただけで、見事にその材料を当ててみせたのです！

そしてそれを聞いて、ローマンがヒュウッと口笛を鳴らしました。

「さっすが、お兄ちゃん！　神の舌を持つと言われるシェフ！　どうだい、真似《まね》できそうかい！」

そう、マルセルはその鋭い味覚で、食べただけでその材料を当ててしまうプロなのでした。

マルセルは、顎に手を当てて、考える素振りをしながら答えます。

「今すぐ真似をするのは難しい。私が学び作ってきたソースと、あまりにかけ離れているからな。それに、これはハンバーガーとやらに合わせて作ってあるのだから、ただ真似をしても意味はあるまい。……だが、これは勉強になる。なるほど、ただ味を変えるためだけではなく、より高みに導くためのソースか……それに合わせて料理を作ってみるというのも……」

ブツブツ言いながら、調理器具に向かうマルセル。

そのままソースの試作品を作り始める彼を見て、ローマンはニヤリとほくそ笑みました。

「始まった始まった、お兄ちゃんの独り言が。こうなると、すぐに凄いものを作り上げるんだよなっ」

まずは計算どおり、マルセルに火をつけたローマン。

しかし、それだけでは安心できません。

「後はどうにか、あの小娘たちの邪魔もしてやりたいが……そうだ！　ディナーといえば、肉料理！　あやつらも、きっと肉で勝負してくるぞ。ならば！」

そして、またイヒヒッと不気味な笑みを浮かべるローマン。

ですが、そんな行動の数々が完全に空回りであることを、彼はまだ知らないでいたのでした。

◆◆◆

「ええっ！　今日の分のお肉が、ないですって⁉　なんでよっ⁉」

メイドキッチンに、アンの悲鳴が上がりました。

私たちの目の前にいるのは、王宮にいつもお肉を卸している業者さん。

やや腰が曲がった老齢のその方は、ペコペコと頭を下げながら、困った様子で言います。

「へ、へえ、ちょっと、色々とありまして、どうにも、はい……。申し訳ありません」

「色々って、なによ⁉　今まで、お肉が回ってこなかったことなんてなかったじゃない！　なんで、勝負がある大事な日に限って……！」

そう、今日はおぼっちゃまにディナーをお出しする大事な日。

ですが、いつもは必ず最上級のお肉が入ってくるのに、今日だけはそれがないというのでした。

「申し訳ありません、申し訳ありません！　どうか、このとおり……！」

手違いを必死に謝る業者さん。

そしてそこで、アンがハッと閃《ひらめ》いた顔をします。

「まさか……。そうか、ローマンのやつね。あんた、私たちにお肉を卸さないよう、ローマンに言われてるんでしょう！」

「うっ……」

苦しそうなうめき声を上げる業者さん。どうやら図星のようです。

王宮への仕入れを選別するのは、基本的にシェフの役割。

そこに嫌われたら、今後に影響するかもと考えるのは無理からぬ話でしょう。

「すっ、すみません、すみませんっ……私は、これでっ！」

「あっ、ちょっと！　待ちなさい！」

アンの制止を振りきり、逃げるように行ってしまう業者さん。

その背中を見送ると、アンが絶望の表情を浮かべて言いました。

「どっ、どうしようシャーリィ……！　今日のディナーでお出しするのは、肉料理なのよ！　新鮮なお肉がないと始まらないじゃない！　いっ、今からでも私かあなたの実家に掛け合って、少しでも良いお肉を探さなきゃっ！」

わたわたと動揺し始めるアン。

そのまま駆け出してしまいそうだったので、私はその両肩に手を置いて、こう言ったのでした。

「落ち着いて、アン！　大丈夫よ。今日、お肉が入ってこなくても問題ないわ。私は、今日のお肉をディナーに使う気なんて、最初からなかったんだもの」

「えっ、ほんとに……？　で、でも、お肉って新鮮なほど良いものなんじゃ……。古いお肉で、大丈夫なの？」

不思議そうに言うアン。

そう、この国での常識では、お肉は新鮮なほどよし。解体して、その日のうちに食べるのが最上とされています。

ですが。私はにっこり微笑《ほほえ》んで、こう答えたのでした。

「大丈夫、心配ないわ。だって……私のお肉には、魔法がかけてあるんですもの」

◆

◆

◆

そして、勝負の夜。

その日は、空にわずかな雲がかかった、穏やかな空気が漂う夜でございました。

そんな中、勝負に挑むため、私が一人で王族専用のダイニングルームに赴《おもむ》くと、待ち構えていたローマンさんがニヤリと笑みを浮かべます。

「おう、来たか小娘。なにやらトラブルがあったようだな。良い肉は手に入ったかぁ？」

……堂々とこんなことを言ってくるなんて、本当にいい性格してるなあ。

それじゃ、自分がやりましたと言ってるようなものじゃないですか。

そうは思いましたが、ここでそれを追及しても水掛け論。ですので、私はにっこり笑ってこう返したのでした。

「ええ、それはもう。私が考える、最高のお肉をご用意しました。どうぞ、ご期待ください」

「ぬうっ⁉」

怯《ひる》んだ様子で声を上げるローマンさん。ですが、今日の相手はこの人ではありません。

そこで、腕を組んで難しい顔をしているマルセルさんと目が合います。

「どうだ。君の考える、最高の『料理』ができたか？」

そう聞いていらっしゃるので、私は小さくうなずいて、こう答えたのです。

「はい。私が今できる、最高の『ディナー』をご用意しました」

そして、じっと見つめ合う私たち。

それをキョロキョロと不思議そうに見ているローマンさんが、なにか口にしそうになりましたが、そこで執事さんが声を上げました。

「ウィリアム様が、お出でになります！」

その声とともに扉が開き、慌てて壁際《かべぎわ》に控える私たち。

そして、お疲れ顔のおぼっちゃまがやってきましたが、しかし私に気づくとぱあっと笑みを浮かべ、駆け寄ってきてくださいました。

「なんだ、シャーリィではないか！　どうした、ディナーに来たのは初めてではないか？　デザートでも出しに来たのか？　歓迎するぞ！」

そのまま私のメイド服にしがみつき、嬉しそうに見上げてくださるおぼっちゃま。

それに私はにっこり微笑んで、こうお伝えしたのでした。

「いいえ、おぼっちゃま。私、今日は、ディナーをお出しするために参りました！」

「……なに？　ディナーだと？　ランチに続いてか。……もしや、また勝負しておるのか？」

そう言っておぼっちゃまが視線を向けると、ローマンさんは慌てた様子で目を逸《そ》らします。

ああ、この人は、ほんとに……。ですが、今はヒゲにかまっている場合ではありません。

私はおぼっちゃまの手を取ると、真面目な顔でこう言ったのでした。

「おぼっちゃま。実は本日、特別な席をご用意しております。ですので、よろしければなのですが……私と一緒に、外食に参りませんか！」

◆◆◆

「おぼっちゃま、こちらにございます！」

外食？　と、不思議そうに首をひねるおぼっちゃまをお連れして、私が向かった先。

それは、王宮の庭にある、噴水広場でございました。

その前に、私は今宵《こよい》特別な席をご用意し、今こうしておぼっちゃまをご招待したのでございます。

「ほお……。これはまた、なにやら面白いことをしておるな」

飾り立てられたそこを見て、おぼっちゃまが感心した様子でおっしゃいました。

そこには仮設の壁や床を設置してもらい、華麗なテーブルと椅子《いす》を置き、周囲を美しい布や花などで色鮮やかに飾り立ててあります。

そして、特に印象的なのは、あちこちにこれでもかと配置された照明の数々。

煌々《こうこう》と照らされたその場所は、白く輝き、特別感を演出してくれています。

そして、頭上には美しい月と、満天の星々。

そう、これは、おぼっちゃまに野外でのお食事を楽しんでいただくために、特別にご用意した席なのでございました。

……ああ、今日が曇《くも》りや雨じゃなくて、本当に良かった。

「ふん、なんじゃい、こんな場所でディナーを出そうなど。相変わらず、小細工が好きな奴だ！」

などと、ついてきたローマンさんが不機嫌そうに騒いでいます。

ですが、その隣にいるマルセルさんは、「なるほど、場所を変える演出か」と妙に納得顔。

本当は、外食なのですから、王宮の外へお連れしたかったのです。けれど、警護などの問題でそれは叶《かな》いませんでした。

でも、お庭とはいえ、お出かけディナーの気分は味わってもらえていると思います。

なにしろ、おぼっちゃまの可愛らしいお顔が、なんだか楽しそうだぞと、ワクワクしたものへと変わってらっしゃるのですから！

「おぼっちゃま、さあ、どうぞこちらへ！」

私がそう言って椅子を引くと、おぼっちゃまは「うむ！」と元気に言って、席につかれました。

どうやら、特別な演出にテンションが上がってらっしゃるご様子。

いえいえ、ですが今宵の演出はこれから。

私はそのまま、だだっと駆け出して、噴水の前で身を翻《ひるがえ》し。

そして、勢いよく両手を上げて、元気に叫んだのでした。

「おぼっちゃま、本日はようこそ当店へ！　心からのおもてなしで、歓迎いたしますわ！」

そのとたん、噴水が勢いよく吹き出し、それと同時にいくつもの色の光が現れ、それを照らし出しました。

青、赤、緑。

色とりどりの光が乱舞し、水で反射して美しい光景を作り上げます。

そう、これはいわゆる噴水イルミネーション！

虹のように輝く噴水。その幻想的な風景に、おぼっちゃまが歓声を上げました。

第八章　特別な夜のハンバーグセット

「おおっ……！　なんだ、噴水が光っておる……シャーリィ、あれはどうやっておるのだ⁉」

「うふふ、おぼっちゃま。それは秘密にございます。こういうのは、不思議なままが一番面白いものですので！」

と、にっこり笑顔でごまかす私。

いえ、ほんと仕組みを知ったらがっかりなのです。

なにしろ、これはタイミングを合わせて執事長さんに噴水の栓を開けていただき、ジョシュアとアガタが、照明を覆っていた布を一斉に外しただけなのですから。

色がくるくると変化しているのは、面ごとに色を変えた四角いガラスの照明を、ぐるぐると人力で回しているだけ。

そちらは、鍛冶屋のアントンさんが担当し、頑張ってくださっています。

（おぼっちゃまのため、って言ったらみんな喜んで手伝ってくれたのよね……。本当に良《い》い仲間を持ったわっ）

ちなみに、この噴水イルミネーションですが、この後ジョシュアが改良を重ね、やがて王宮の名物となるのですが……それは、また別のお話。

色とりどりに輝く噴水に、目が釘付《くぎづ》けのおぼっちゃま。

ネズミの王国のパレードというわけにはいきませんが、食事の前の余興としては十分な成果だった様子。

この機を逃すまじ、と私は合図を送ります。

すると、執事の方がクローシュ（レストランとかで料理を覆ってる、丸い銀色のアレです）の載ったワゴンを押してきてくれました……が。

そこで、異変に気づいたおぼっちゃまが、不思議そうにおっしゃいました。

「なんだ、なんの音だ？　なにか、パチパチと音がするぞ」

そう、クローシュの中から、パチパチジュワーと音が鳴っているのです。

でもまだまだ、中身は開けてのお楽しみ。

執事の方がおぼっちゃまの前にそれを置いてくださり。

私はニッコリと微笑《ほほえ》むと、勢いよくクローシュを持ち上げながら、こう声を上げたのでした。

「お待たせしましたおぼっちゃま。こちらが、今宵《こよい》のディナーにございます！」

そのとたん、中から一気に湯気が吹き出し、あらわになる音の正体。

それは、一皿の芸術。

遠き日の思い出、子供時代の黄金体験。その名も。

「アツアツ鉄板の、ハンバーグセットでございます！　鉄板の方、お熱くなっておりますのでお気をつけくださいませ！」

「おおーっ……！」

そうそれは、アツアツに熱せられた鉄板の上に載った、大きなハンバーグでございました。

鉄板の熱でソースが熱せられ、気持ちのいい焼ける音が上がり、飛び出す最高に美味《おい》しそうな匂い。

そしてその脇を飾るのは、二本のとびきり大きなエビフライと、皮付きのまんまるジャガイモ。

一皿に、大好きなものがこれでもかと詰め込まれた一品。

そう。今日のディナーは、ファミレスのハンバーグセットなのでございます！

「なんと不思議な……！　パチパチと焼ける音がするぞ！　こんな料理、見たことがない！　それに……なんといい匂いだ！」

くんくんと鼻を鳴らして、ハンバーグセットから立ち上る湯気を吸ったおぼっちゃまが、恍惚《こうこつ》の表情でおっしゃいます。

それを嬉《うれ》しく見ながら、私は「失礼します」と言い、おぼっちゃまに食事用のエプロンをつけさせてもらいました。

おぼっちゃまの服にソースが飛んでしまっては、一大事ですからね。

ですが、そこでローマンさんが、泡を食って叫び声を上げました。

「なっ、なんだおまえ、またひどい料理を出しおって！　一皿に複数の料理を放り込むなど、あまりに下品すぎるっ！　それに、なんだそのジャガイモは！　皮も剥《む》いておらんではないか！」

はい、来ると思っていました、そのご指摘。

なので、返事はとっくに用意済み。

私はにっこり笑って、こう答えたのでした。

「複数の料理を放り込んでいるのではありません。これは、こちらのお肉料理、ハンバーグを中心としたれっきとした一皿。全部合わせて、こういう料理なのですわ」

「なにぃ⁉」

そう、鉄板ハンバーグはその全てが一つの料理。

それぞれが鉄板の上を飾り、交ざり合い、味を引き立たせ合うもの。

異論は認めません。ええ、決して！

「それに、ジャガイモは、これが一番美味しい食べ方なのです。どうですか、おぼっちゃま。美味しそうでございますよね？」

「うむっ……。なんだかしらんが、もの凄《すご》く美味しそうに見えるぞっ」

十字に切れ込みが入り、その上でバターがとろけているジャガイモを見て、ゴクリと喉を鳴らすおぼっちゃま。

そして、ナイフとフォークを取ると、大きな声でおっしゃったのでした。

「もうたまらぬ、余は食べるぞ！　まずは、このハンバーグとやらだ！」

そう言ってハンバーグをナイフでさっくりと切り裂くと、中からはじゅわっと肉汁が。

ゴクリと喉を鳴らし、フォークを突き刺すおぼっちゃま。

ですが、それを見たローマンさんが、不敵につぶやきます。

「ふ、ふん。だが結局、ハンバーガーに挟まっておった肉を大きくしただけではないか。どこの肉を持ってきたかわからんが、急場で良い肉料理など作れるか……！」

しかしそれをよそに、おぼっちゃまは嬉しそうにハンバーグをぱくり。

そしてしっかり噛《か》みしめた後……やがて、満面の笑みでおっしゃったのでした。

「おおおおっ……美味しい！　なんて柔《やわ》らかく、美味しい肉なのだ！　これほどの肉、そうは口にできんぞ！」

◆
◆
◆

「なあっ⁉」

ヒゲをピンと伸ばして、悲鳴のような声を上げるローマンさん。

相変わらずのリアクション、ありがとうございます。

「馬鹿な！　普段ウィリアム様がお口になさる、最上級の新鮮な肉など、どうやっても手に入らなかったはずっ……。ええい、どこの肉だ！」

グギギと歯ぎしりするローマンさん。

ですが、それは間違いです。これはあくまで、普段王宮に入ってくるお肉。

ただ、違う点が一点。

それは……このお肉は、私が処理を施して、冷蔵庫で数日寝かせておいたもの、という点なのでした。

この時代、肉は新鮮なほど良いとされています。

それはもちろん、お肉というものが、常温ではあっという間に駄目になってしまうから。

だから、それを避けるためにお肉はその日のうちに食べるか、日持ちする乾燥肉にするか。

大体その二択で、ステーキなどに使用すべきなのはもちろん新鮮なもの。

では、なぜ今回ハンバーグを出すにあたり、私はその材料となる牛の赤身肉を、新鮮な状態で使うのではなく、冷蔵庫で寝かせたのか。

それは……お肉を、『熟成』させるためなのでした。

私はこの世界のお肉も大好きでしたが、でもどうにも硬く、味にもどこか物足りなさを感じておりました。

なぜだろう、と考えた結果。私は、あることを思い出したしたのです。

それは、日本で流通していたお肉は、加工後にある程度の日数を低温で保管し、美味しくなった状態で出していたということ。

つまり、熟成期間を取っていたということなのでございました。

（お肉は、バラした当日は硬くなり、うま味も足りない。だから、駄目にならないくらいの低温で、じっくり寝かせてあげる必要があったのね）

そうすることで肉は柔らかくなり、またアミノ酸が増えてうま味も増すのだとか。

なので私は冷蔵庫を使い、どれぐらいの日数が一番美味しくなるかを、ずっと研究し続けてきたのでした。

アミノ酸なんて、存在すら知られていない時代。

魔女により降って湧いた冷蔵庫を、ただの保管庫としてしか理解していない状態では、これはなかなか思いつかないことでございましょう。

……まあ、私も前世の知識がなければ、きっと思いつきもしませんでしたが。

そして当日、熟成されたっぷり美味しくなった赤身肉。

その少し悪くなった表面を（勿体《もったい》ないけど）切り取り、残った分をひき肉にして、様々な食材と混ぜてハンバーグのタネとし、さらに冷蔵庫で一時間ほど寝かせる。

それを綺麗《きれい》に整形し、フライパンで焼き目をつけ、じっくりオーブンで火を通したもの。

それがこの、噛めば肉のうま味がこれでもかと味わえ、肉汁もたっぷりな濃厚ハンバーグ。

ビーフ１００％の、とびきりハンバーグなのでございます！

「おっ、美味しいっ……美味しすぎる！　このソースも、とてつもなく美味《うま》い！　最高だ！」

夢中になってハンバーグを食べ進めるおぼっちゃま。それを見て、私はウンウンとうなずきました。

やはり子供には、ハンバーグ。正しく鉄板メニューです。

もちろんソースだって私の特別製。お肉とよく合う、最高の品をご用意しました。

ですがそこで、おぼっちゃまが不思議そうな声で言います。

「うん？　シャーリィよ。この部分はなんだ？」

言われて見てみると、おぼっちゃまの視線の先には、鉄板についた丸いでっぱりが。

それにふふっと笑みを浮かべ、私は説明を入れました。

「おぼっちゃま。そちらはペレットと言いまして、特に熱くなっている部分ですわ。ハンバーグの焼き加減がもしもお好みでない場合は、そちらに押し当てていただきますと、お好きな加減に焼けるようになっております！」

「ほう、どれどれ！」

言って、ハンバーグの一切れにたっぷりソースをかけて、ペレットの上に載せるおぼっちゃま。

すると、ジュウ～と音がして、ハンバーグがまた美味しそうな匂いを上げました。

「おおー……。た、楽しい……。しかも、美味しいぞ！」

言いながら、ハンバーグをもりもり食べ進められるおぼっちゃま。

そう。鉄板ハンバーグはただ美味しいだけでなく、こういったお楽しみ要素もある、食のエンターテイナーなのでございます。

そして、ハンバーグをあらかたやっつけたところで、ふとおぼっちゃまの目が横に添えられたエビフライへ。

しげしげと見つめながら、「シャーリィ、これはなんという料理だ？」とおっしゃるので、私は元気にお答えました。

「おぼっちゃま、そちらはエビフライにございます！　どうぞ、頭を取って、かかっているタルタルソースと一緒にお召し上がりくださいい！」

エルドリアの近海で獲《と》れた、とびきりのエビを使った今日のエビフライは、なんと尾頭付き。

こんがりボディから、大きなエビの頭が飛び出しています。

大した意味はなくとも、頭が付いてるとなんだか豪勢に見えますよねっ。

粗めのパン粉をたっぷりまぶした、特大エビフライはカラッと揚がって金色に輝き、美味しそうの具現化のような存在感を放っています。

それをおぼっちゃまがナイフで切り分けると、みっちりプリプリのエビと、こんがり衣の断面が姿を現しました。

「なんだ……。初めて見るのに、凄《すさ》まじく美味しそうに見えるぞ……」

ごくり、と喉を鳴らし、たっぷりタルタルソースをつけて、そっとお口に運ぶおぼっちゃま。

すると、噛んだ瞬間、カリッ！　と、気持ち良い音がして、おぼっちゃまの目がとろんと蕩《とろ》けました。

「おいっしいっ……。なんと、なんと……なんと、美味しいのだっ！　ああっ、エビフライっ……エビフライ！」

そのまま、取り憑《とつ》かれたようにエビフライを口に運び続けるおぼっちゃま。

ああ、お子様にエビフライ。

それはまさに、猫にまたたびと同じ意味なのでございました。

しかも、今日のタルタルソースは日々研究を重ね、特に気合いを入れた特別製。

なにしろ、おぼっちゃまが初めて食べるタルタルソースなのです。

ならば、全力の味でタルタル沼に落とさずしてどうしましょうか！

「たっ、たまらぬ、さくさくの外側と、プリプリの内側……。そして、このソースのなんと美味しいことっ！　なんなのだ、これは。究極の食べ物か……！」

おぼっちゃまがエビフライを気に入りすぎて、ちょっと怖い。

ですが、どうやら無事タルタルソースにハマってくれたようです。

ふふ……どうやらおぼっちゃまも、私と同じタルタリスト（異常なほどのタルタルソース好きをそう呼びます）に落ちてくれたようですね。

そして、おぼっちゃまがエビフライを食べきる前に。私はそっとささやきかけたのでした。

「おぼっちゃま。タルタルソースと一緒に、ハンバーグのソースも絡《から》めますと、また絶品でございますよ」

「⁉」

すると、おぼっちゃまがこちらを向いてギョッとした顔をします。

いいのか？　ほんとうに、そんなことしていいのか？

と、そのお顔に書いてあったので、私はニッコリと微笑んでうなずきました。

するとおぼっちゃまはドキドキした様子で、タルタルたっぷりのエビフライにハンバーグソースをつけ、パクリ。

そして、天を仰《あお》ぎ。

本当に、本当に幸せそうな笑みを浮かべたのでした。

「ああ、たまらぬ、たまらぬ……！　しかも凄《すご》いぞ、もう一本ある！　次だ！」

そう言って、次のエビフライにとりかかるおぼっちゃま。

ですが、ナイフを通したとたんに違和感に気づいたのか、その動きが止まりました。

「なんと……⁉　こっちの方は、エビフライでは、ない⁉」

そう、こちら、見た目は完全に同じですが、実はそれは擬態。

開いた断面から見えるのは、細かく刻んだエビの身がたっぷり入った、トロトロのホワイトソース。

もう一本の正体、それは。

「おぼっちゃま、そちら、エビクリームコロッケにございます！」

「なんと、似ているようで、違う種類であったか！　しかし、こちらもなんと美味そうな……どれ！」

そう言って、柔らかなエビクリームコロッケに、またもやタルタルソースをたっぷりかけて、崩れないように用心しながら口に運ぶおぼっちゃま。

すると、カリッ、サクッ、とまたもや気持ち良い音が鳴って……それからどうなったかなんて、説明はいりませんよね？

だって、人生で初めてエビクリームコロッケを食べたらどうなるかなんて、誰でも知っていることなのですから！

「凄いぞ、凄いっ……なあ、シャーリィ、念のために聞いておくが。エビフライもハンバーグも、まだまだあるのだよな⁉」

「もちろん、いくらでもございますわ。おぼっちゃま！」

元気よくお返事すると、それに満面の笑みを浮かべるおぼっちゃま。

続いてまるごとジャガイモにナイフで果敢に挑みかかり、四等分したところで、ふとおっしゃいました。

「これは、皮のまま食べるものなのか？」

「そのままでも、皮は残しても、どちらでもお好きな方で大丈夫ですわ。ですが、私のおすすめは皮のままです！」

するとおぼっちゃまは小さくうなずき、ジャガイモを皮のままぱくり。

そして、予想どおり、「美味しい！」と声を上げられたのでした。

ええ、ええ、そうでしょうとも。

何気ないジャガイモも、ハンバーグに添えられていたら大ごちそう。

弱火のオーブンで、たっぷり時間をかけて火を通したジャガイモは、ホクホクとしていて、バターととろけ合い、さらにハンバーグソースとの相性もバッチリ。

ハンバーグと交互に食べることで、より美味しさが増す重要な付け合わせなのです。

そう、そうしてそれぞれの味が鉄板の上で混ざり合い、高みへと昇ってゆく。

それこそが、鉄板ハンバーグの素敵なところなのございます！

「うむ、このパンも実に良い出来だ。シャーリィは、パンも本当に上手だな」

「ありがとうございます、おぼっちゃま！」

と、カゴに入った四角いパンを口にして、お褒《ほ》めの言葉をくださるおぼっちゃま。

こちら、ディナー用のパンは、今回のためにたっぷり練習してきたものでした。

どれも同じに見えるパンも、実はランチやディナーなど用途で違うもの。

ディナーのパンは、濃ゆい夜の食事に合うよう調整が必要なのです。

クリスティーナお姉さまが「手伝いはできなくても、パンの焼き方を教えるぐらいはいいでしょう」と、今回、特別にみっちり指導してくださったのでした。

正直、私的にはこのパンだけでも大ごちそう。

外はカリカリ中はふかふか、なにもつけなくても幸せな気持ちになれるぐらい、美味しく仕上げられるようになりました。

……本当は、お皿にライスを盛って出したいんですけどね。

私はファミレスのあれが、なんだか特別感があって、大好きだったのです。

（ああ、考えてるとまたお米が食べたく……いや、今は忘れないと。それよりも）

そろそろ頃合い、ここでダメ押しです。

おぼっちゃまの喉が渇くころだろうと思い、ちらりと執事さんに目線で合図。

すると執事さんがゴロゴロとなにかを押してきて、それに気づいたおぼっちゃまが驚きの声を上げました。

「……シャーリィ。なんだこれは？　今度は、何を始めた？」

そんなおぼっちゃまの視線の先には、ワゴンの上に載った三つの透明な容器が。

その中には、色鮮やかな三色の液体が入っていて、容器の下には注《そそ》ぎ口。

ええ、もうおわかりですね？

こちらは、ファミレスの大人気コーナー。好きな味のドリンクをいくらでも注げる、魅惑のアレ。

「こちら、ドリンクバーにございます！」

「ドリンク……バー……？」

「はい、おぼっちゃま。こちら、それぞれコーラ、オレンジジュース、そしてグレープジュースとなっております！　どうぞ、お好きな飲み物をご自由にお選びください！」

私がそう言うと、なるほどとうなずき、三種類をワクワクした様子で見比べるおぼっちゃま。

ですが、そこで思い出したようにこうおっしゃいました。

「……コーラは、一杯だけか？」

そう、以前の約束で、コーラは毎食一杯だけと決めていました。

ですが、そこはそれ。今日は、特別な夜なのですから。

「おぼっちゃま、今夜は外食です。特別なのです。ですから、もちろん……好きなだけ、飲んでくださって大丈夫ですわ！　全て、おぼっちゃまのものです！」

「っ‼」

瞬間、なによりも目を輝かせ、コーラの注ぎ口に手を伸ばすおぼっちゃま。

そして、コップのギリギリ一杯までコーラを注ぐと、ストローでちゅううっと一気に吸い上げたのでした。

「あああっ、これだ！　コーラの、なんと美味しいこと！　ああ、それにコーラと一緒にハンバーグを食べるとまた美味しい！　ああ、たまらぬ！　シャーリィ、次を頼む！」

「はい、おぼっちゃま！」

元気に答えて合図を送ると、執事の皆様が、次々に鉄板ハンバーグを運んできてくださいました。

これらは全て、キッチンのアンが一生懸命に調理してくれているもの。

事前の仕込みと調理は一緒にしましたが、それをアツアツで出す作業は、アンが一人でやってくれているのでした。

大変だろうけど、アンは「私に任せて」と言ってくれたのです。

そして、その言葉どおり、ハンバーグたちは最高の状態でテーブルを飾ってくれました。

しかも、ノーマルハンバーグだけではありません。

デミグラスハンバーグに、チーズハンバーグ。

トマトソースハンバーグに、煮込みハンバーグ。

脇を飾る品だって、カキフライに鶏の唐揚げ、それにカットステーキ。

目玉焼きに、マッシュポテト、大きなウィンナーに、綺麗な焼き目の甘々コーン。

食べていて飽きないように、手を変え品を変え、鉄板の上をたくさんの食材たちが飾ります。

そして、そのどれもが、ジュワ～と美味しそうな音を立て運ばれてくる喜び！

おぼっちゃまは本当に夢中になって、ディナーを楽しんでくれました。

私が言うまでもなく、ドリンクバーを混ぜてオリジナルブレンドを作ったりしながら。

それを笑顔で見守りながら、私は思ってしまいました。

ああ、あの部屋から……たった一人だけのダイニングルームから、おぼっちゃまを連れ出せて、本当に良かった、と。

あの部屋は、おぼっちゃまにとって、きっと大事な場所でしょう。

そう、そこはお父さんやお母さんと楽しく食事をした、思い出の場所。

でも、そこで一人で過ごす夕食は、思い出があるからこそきっと辛《つら》いものだったのではないでしょうか。

私は、そこからおぼっちゃまを連れ出したかった。

辛いことや悲しいことを、一時でも忘れて、普通の少年として笑って欲しかった。

どうですか、おぼっちゃま。

楽しいでしょうか。嬉しいでしょうか。

夕食を、楽しんでくださっているでしょうか。

私にできるのは、こんなことぐらい。私は、料理しかできない女です。

でも。いつでも、あなたが笑ってくれるのなら。

きっと、私はこうしましょう。

だから……だから、どうか。

――大好きな食事の時間に、あんな悲しい顔を、しないでくださいまし。

私なら……いつでも、ここにいますから。

◆　◆　◆

「ぐぎぎっ……ウィリアム様が、またあんなに楽しそうにっ……！　くそう、くそう！　なんなのだあの女！　どうして、ああまで喜ばせられるのだっ！」

ウィリアム王子とシャーリィを遠くで見ていたローマンが、嫉妬《しっと》に満ちた声を上げました。

照明に照らされた二人は、キラキラと輝いて見えて、まるで自身が光を放っているようです。

もう自分たちなんて眼中にない、二人だけの世界。自分たちの料理なんて、忘れてしまっているかのよう。

そしてなにより、シャーリィの噴水の仕掛けや、鉄板を使った料理。

それを見て、凄い、とローマンは素直に感心してしまっていたのでした。

こんな食事の見せ方、考えたこともなかった。

ただ美味しいだけではない、楽しませ、料理を引き立たせる演出……つまり、エンターテインメント。

その発想が、自分には決して出せないものだと、嫌になるほど思い知らされてしまったのです。

そして、その隣で、マルセルもじっとその光景を見つめていました。

心の底から楽しそうな、ウィリアム王子。

そんな顔を見たのは、本当に、本当に久しぶりのことでした。

「ああ、あれだ。ウィリアム様の、あのお顔。それを、私は……」

そうつぶやき、ぎゅっとコック服を握りしめ、そして。

決意の籠《こ》もった表情で、マルセルはウィリアム王子の元へと進み出たのでした。

◆　◆　◆

「ウィリアム様」

横からマルセルさんの声が聞こえてきて、そこで私はハッとしてしまいました。

（やばっ……マルセルさんたちのこと、完全に忘れてたっ!!）

そう、これはあくまで勝負。

お互いに料理で競い合うという名目でした。

ですが、私はつい盛り上がり、先手だというのに、おぼっちゃまにたらふくハンバーグを食べさせてしまったのでございます！

これって、ルール破りもいいところなのでは。しまった……！

「もっ、申し訳ありません、マルセルさん！　で、ではこれから交代ということで……」

「う、うむ、そうだな。ではどうする、一度ダイニングに戻って……」

慌てて、マルセルさんを気遣うように言う私とおぼっちゃま。

ですが、マルセルさんはフルフルと首を振り、コック帽を頭から下ろしてこう言ったのでした。

「その必要は、ございません。私の……負けに、ございます」

「えっ……」

その言葉に、驚いた顔をする私たち。

そんな私たちが見つめる中、マルセルさんは深く頭を下げ、こう続けたのでした。

「いいえ、そもそも私はずっと負けていたのでございます。私は……ずっと、ウィリアム様に喜んでいただくことができなかった。本当は、私こそがウィリアム様に、笑顔になっていただけるディナーを作らねばならなかったのに。私は……ディナーシェフ失格にございます」

「マルセル……？」

呆然《ぼうぜん》とした様子で、マルセルさんの名を呼ぶおぼっちゃま。

その目の前で、頭を下げたままマルセルさんは続けます。

「ウィリアム様がお一人で食事をするようになってから、せめて美味しいものを召し上がっていただこうと、努力をしてきたつもりでした。ですが……私では、どうしても至らなかった。今日、シャーリィ殿の用意したこの場を見て、そのことをはっきりと認識しました。本当に、本当に申し訳ありませぬ……」

……そう。やっぱり、そうだったのね。

きっと、それが今回のマルセルさんの狙いだったのでしょう。

マルセルさんは、毎日、寂しそうに食事をするおぼっちゃまを見ていられなかったのです。

そして、自分ではおぼっちゃまを笑顔にできないのかと、苦しんでいたのだと思います。

どうにかしたい、だけど料理人にすぎない自分にはどうすることもできない。

だから、誰かにそんな状況を変えて欲しかった。

どうやったら、おぼっちゃまを喜ばせることができるのか。

どうやったら、一人きりのおぼっちゃまの力になれるのか。

それを知りたくて、藁《わら》にもすがる思いで私に声をかけたのではないでしょうか。

最初に会った時の、あの悲しそうな瞳。あれは、きっとそういうことだったのでしょう。

だから、私は全力でこの場を用意しました。

きっと、これが答えの一つだと思ったから。

私は、力になれたかしら。

しかし、彼はそこで、予想外なことを口走ったのでした。

「王宮の食卓を任される身でありながら、この体たらく。私は、自分が情けない。かくなる上は、責任を取り、いさぎよくシェフの座を降りたく思います。どうか……どうか、それをお許しくださいませ」

ええー⁉　なんでそうなるの⁉

いやいや、そうじゃないでしょう！　真面目すぎますよ、マルセルさん‼

私は慌てて止めようとしますが、ですがそれより早く、おぼっちゃまが動かれました。

席を立ったおぼっちゃまは、マルセルさんの側に近寄ると。

その目をじっと見つめて、こう言ったのです。

「……すまぬ、マルセルよ。お主にそのような思いをさせたのは、余の不徳だ。どうか、許して欲しい」

「うっ、ウィリアム様……!?」

恐れ多い、とばかりに動揺した様子で膝《ひざ》をつくマルセルさん。

その肩にポンと手を置くと、おぼっちゃまは辛そうな表情でおっしゃったのでした。

「確かに、余は一人での夕食が辛かった。ふとした瞬間に、父上や母上の姿を捜してしまうからだ。いくら食べても、満腹になれずにいた。だが……お主の夕食を、一度でも美味しくないなどと思ったことはないぞ」

「ウィリアム様……」

「お主の料理は、余の好物なのだ。だから、辞めるなどと寂しいことは言ってくれるな。お主の料理の味は……きっといつまでも忘れない、余の思い出の味なのだから」

そう。そうですとも！

どれほど大きくなっても、母の味というものは忘れないもの。

私だって、前世と今世《こんせ》、両方の母の味をよく覚えています。

そして、おぼっちゃまにとってのそれは、きっとマルセルさんの作った料理。

おぼっちゃまを食いしん坊にしたのは、間違いなくあなたなのです。

どれほど私の味が珍しくたって、それだけは、絶対に変えられない事実なのですから！

「おお、ウィリアム様……。申し訳ありません、申し訳……」

ボロボロと涙をこぼしながら、おぼっちゃまの手にすがりつき、謝罪を口にするマルセルさん。

私は、それを見て、思わずもらい泣きしてしまいました。

私だって、来たばかりのころはおぼっちゃまに食べてもらえなくて、苦しんだのですから。

その気持ちは、とってもわかります。

それも、おぼっちゃまの成長をずっと見守ってきた方なら、もっとでしょう。

ええ、私で力になれるなら、いくらでもお手伝いいたします。

だから。どうか、これからもおぼっちゃまの側にいてあげてくださいまし。

「……余は、幸せ者だな。これほど大勢の者が、親身になってくれるのだから」

そう言ったおぼっちゃまの視線の先には、遠くで様子を見ているアガタたちと、調理を終えて駆けつけてくれたアンの姿がありました。

ええ、もちろんです、おぼっちゃま。

いつでも……私たちが、お側《そば》に仕《つか》えておりますわ。

あなたを、一人になんてさせませんとも。

「ありがとう、皆。余は……余は、もう、お腹《なか》いっぱいだ」

満足そうなお顔でおっしゃる、おぼっちゃま。

こうして、この夜以降。

おぼっちゃまの異常なほどの食欲は、少しずつ鳴りを潜めていったのでした。

……それでも、人の何倍も食べますけどね！

◆　◆　◆

「みんな、お疲れ様！　本当にありがとう！」

おぼっちゃまをお見送りし、手伝ってくれたみんなと集まって、私は笑顔で感謝を伝えました。

アンにアガタ、ジョシュアにアントンさん、それに執事長さん。

みんなどこか、誇らしそう。

本当に、素晴らしい時間でした。見ているだけで、お腹いっぱいになるような。

「筋違いかもしれぬが、私からも礼を言わせていただく。ありがとう」

そう言って、みんなに頭を下げるマルセルさん。本当に、できた人です。

そんな彼に、アガタたちは穏やかな微笑みを返しました。

……しかし、そこで空気に水を差すのが弟のローマンさん。

「ちぇっ、なんだいお兄ちゃん、人が悪いぜ！　それならそうと言ってくれりゃいいのに、これじゃワシだけ悪者だ！」

と、バツの悪そうな顔で文句を言う始末。本当に、この人は悪い意味でブレないなあ……。

ですが、そこでその背中を、アンがバシンとひっぱたきました。

「痛っ⁉」

「それはアンタが、しょーもない悪だくみばっかりするからでしょっ！　人は関係ないの、人は！

いい加減お兄さんを見習って、心を入れ替えなさい、馬鹿ッ！」

腰に手を当てて、怒り顔のアン。

だいぶ年上のローマンさん相手に、凄い剣幕です。

ですが、さすがのローマンさんも、これにはシュンとして反省してみせました。

「ううっ、わかっとるわい、ワシが悪かった……。お兄ちゃんがそんなに苦しんでることにも気づけずにいたとは、ワシは自分が情けない。それにワシだって、ウィリアム様にあんな風に笑ってもらいたい！　ズルはやめて、まっとうに修行をやり直すわい……」

その姿があまりにも哀れっぽかったので、一同の間からわっと笑い声が上がりました。

なんだか、わだかまりのない穏やかな空気が広がります。

そして、そんな中、マルセルさんが私にそっとささやきました。

「……ところで、シャーリィ。その、お願いがあるんだが……よければ私に、あのハンバーグとかいう料理を教えてくれんか？　エビフライとかいうやつもだ。見ていて、その。……味が、気になって仕方なくてな」

えっ、と驚いて見てみると、マルセルさんは赤い顔をしてそっぽを向いてしまいました。

それがなんだか可愛《かわい》らしくて、私はフフッと笑ってしまいます。

そうですよね、マルセルさん、こんなに立派なお腹をしてるんですもの。

あなただって、間違いなく食いしん坊ですよねっ！

「いいですとも。では、どうでしょうっ。ハンバーグセットの材料、多めに用意したのでまだ残っております。それで、これからみんなで打ち上げというのはっ！」

私がそう言うと、皆がわっと歓声を上げました。

「いいねえ、成功の後の食事というのも悪くないものだ！　なんなら、ボクが楽器の一つも演奏しようっ」

「ぼ、僕も行ってもいいのかな？」

「いいに決まってんでしょ。あんたがあの鉄板作ったんだし、さっきも頑張ってくるくる回してたじゃない！　胸を張りなさい、胸を！」

「ワシも行くぞっ！　あの奇妙な料理の数々、ぜひ味と製法を知りたい！」

「では、私が秘蔵のワインをお持ちしましょう。特別な夜には、特別な酒が必要なものでございますから」

口々に騒ぎながら、とっても嬉しそうなみんな。

そう、もてなしの成功は、もてなした方も幸せにしてくれるのです。

こうして私たちは、その夜。

わいわいと、騒がしくも素敵な時間を過ごしたのでした。

◆エピローグ◆

それは、私の料理が宮廷で有名になったころのことでございました。

気を良くした父に頼まれ、私は街で料理をお出しすることになったのです。

「おお、これが宮廷で有名になったという料理か！　素晴らしい！」

「なんという新しい味だ！　二度と忘れられないほどの衝撃だよ！」

「さすが、偉大なるウィリアム様の舌をうならせただけのことはある！」

口々にお褒《ほ》めの言葉をくださる、貴族や豪商の皆様。

皆様、我先にとご挨拶くださり、わが父も鼻高々。

ですが――とあるレディだけは、様子が違ったのでした。

「あなたがシャーリィとかいう、最近調子に乗ってる庶民？　ずいぶんと変な料理を出しているようだけど……外食の女帝と呼ばれるこの私の前で、あまり大きな顔をしないことね！」

そう私に言い放つ、豪華なドレスを身にまとった、態度の大きいレディ。

彼女との出会いにより、私は王宮ではなく、城下町での料理勝負に巻き込まれていくことになるのですが……。

続きは、次のお話で。

あとがき

ご無沙汰しております、作者のモリタでございます。

この度は皆様のおかげを持ちまして、無事二巻発売の運びとなりました。

本当にありがとうございます！

買ってくださった皆様、そして今まさに買おうとしてくださっているあなたに、最大限の感謝をお伝えしたいです。

ですがそれと同時に、お詫びせねばならないこともあります。

それはご覧のように、二巻にもあとがきがついてしまっているということ。

いいえ、私も皆様の「あとがきなんていらねえよ」というお言葉（幻聴）に添うよう、全力を尽くし、編集者様に「いかに本書にあとがきが不要であるか」を、誠意を持ってお伝えしたのです。

私の個性など表に出す価値がないという話から始まって、あとがきというものがどれほど地球環境に悪影響を与えているか、どれほど未来に残してはいけないものであるか。

そして、あとがきがないことでどれほどの恵まれない子供たちが救われるか。

そういった諸々を、雄弁に、勇猛果敢に、そしてある時は情に訴え、熱意ある長文をもってお伝えしたのです。

しかし、それに対する編集者様のお返事は、たったの一言でした。

「あとがきは、是非、お願いします」

人の心とか、ないのでしょうか。

こうして私は、またもや生き恥を晒すこととなったのでございます。生きていてごめんなさい。

さて、そんな本書ですが、今回もｎｉｍａ先生にあまりにも美しいイラストで飾っていただきました。いつも、本当にありがとうございます。

ですが今回、残念なことに、そんな素晴らしい神絵師であるｎｉｍａ先生に、ローマンなるどうしようもないヒゲのおじさんをキャラデザしていただくことになってしまいました。

これは私ではなく、全て編集者様の要望によるものです。私は悪くない。

ですので、この件に関する苦情などは、Ｋラノベブックス編集部宛てでお願いいたします。

さて、そんなわけでいよいよ宮廷での争いが本格化してきた二巻。全体的にＷＥＢ掲載から修正した部分が多いですが、いかがだったでしょうか。

本書で少しでも楽しい時間を過ごしていただけたなら、光栄の至りです。

さらに皆様のおかげで三巻も出せるとなった時には、そちらもより手を加えていきたいと考えておりますので、応援していただけましたらとてもありがたいです。

では、またお会いしましょう。以上、モリタでした。

Kラノベブックス

異世界《いせかい》メイドの三《み》ツ星《ぼし》グルメ2
現代《げんだい》ごはん作《つく》ったら王宮《おうきゅう》で大《おお》バズりしました

モリタ

2023年7月31日第1刷発行

発行者	森田浩章
発行所	株式会社 講談社 〒112-8001　東京都文京区音羽2-12-21
電　話	出版　(03)5395-3715 販売　(03)5395-3608 業務　(03)5395-3603
デザイン	AFTERGLOW
本文データ制作	講談社デジタル製作
印刷所	株式会社KPSプロダクツ
製本所	株式会社フォーネット社

KODANSHA

ISBN978-4-06-532783-8　N.D.C.913　311p　19cm
定価はカバーに表示してあります

ファンレター、
作品のご感想を
お待ちしています。

あて先
〒112-8001　東京都文京区音羽2-12-21
(株) 講談社　ライトノベル出版部 気付
「モリタ先生」係
「nima先生」係

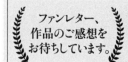

実は俺、最強でした？1〜6

著:澄守彩　イラスト:高橋愛

ヒキニートがある日突然、異世界の王子様に転生した——と思ったら、
直後に最弱認定され命がピンチに!?
捨てられた先で襲い来る巨大獣。しかし使える魔法はひとつだけ。開始数日での
デッドエンドを回避すべく、その魔法をあーだこーだ試していたら……なぜだか
巨大獣が美少女になって俺の従者になっちゃったよ？
不幸が押し寄せれば幸運も『よっ、久しぶり』って感じで寄ってくるもので、
すったもんだの末に貴族の養子ポジションをゲットする。
とにかく唯一使える魔法が万能すぎて、理想の引きこもりライフを目指す、
のだが……!?
先行コミカライズも絶好調！　成り上がりストーリー！